# GAEA

# 綠色的馬

九把刀 Giddens 著 Blaze 插畫

# 作者序 一擊必殺！

很多老師寫信給我，叫我不要再亂寫序了，很多學生都開始練腋下噴火，造成學校很大的困擾。如果我再亂寫序，就要在學校的美術課上發起製作九把刀小草人、並給我亂釘的公益活動。

好的，我一向是樂於謝謝老師您的教誨，所以這次新書出版，我決定找這個社會上擁有最猛的正面力量的兩個人幫我寫序。

我打電話給卡神，請她幫我安排跟某位總統候選人見面。

那是場秘密的飯局。

「謝長停，請問你可以幫我寫序嗎？」第一道菜吃完，我立刻進入主題。

「爲什麼這本書要找我寫序？」謝長停納悶。

「因爲這本書叫綠色的馬，有綠色耶！當然是找綠色的你寫序啊！」

「……聽起來很不錯啊，那你會公開表態挺我嗎！」謝長停瞇起眼睛。

「不想耶！」我哈哈大笑。

「……聽起來很不錯啊，那你會公開表態挺我嗎！」謝長停瞇起眼睛。

「啊？就說不想啊。」我愣住。

「……聽起來很不錯啊，那你會公開表態挺我嗎！」謝長停瞇起眼睛。

「啊，你跳針了喔？」我的頭歪掉，大聲說：「我只會婊人，不會表態啦！」

這樣無限迴圈的對話一直重複了一百多次，直到飯局結束。

然後謝長停就不幫我寫了，小氣！

沒關係，我還有另一個超強的口袋人選。

於是我打電話給美國在台邪會，請他們安排我跟馬英久吃飯。

依舊是場神秘的飯局。

「馬英久，你可以幫我的新書寫序嗎？」我舉起酒杯敬他。

「謝謝指教！」馬英久以迅雷不及掩耳的速度脫口而出。

「不是啦！我是在問你，可不可以幫我的新書寫序！」我大聲說。

馬身邊的幕僚立刻插嘴：「請問，爲什麼要找馬英久先生幫您寫序呢？」

「因爲這本書叫綠色的馬，裡面有個馬，現在全台灣最厲害的馬就是馬英久啦，如果可以得到馬英久的序，那些網友一定覺得很酷啊！」我超級坦白。

馬身邊的幕僚群立刻聚在一起，竊竊私語。

我長期修煉「一斤經」，那些話都被我聽得一清二楚。

「九把刀擺明就是綠營來臥底的，馬明明就是藍的，怎麼會是綠的呢？媒體知道了，一定會在馬到底是藍的、還是綠的上面大做文章！」幕僚甲冷言。

「我也覺得不妥，書出版時到時候萬一改名成『綠卡的馬』，那馬先生不就被陰假了！綠營的奧步不可不防啊！」幕僚乙嗤之以鼻。

馬英久聽得直點頭，我則很傻眼。

只見馬英久慢慢起身，給了我一個擁抱，說：「這件事，我們一定會仔細研究配套措施，然後依法辦理！」

之後我就聯絡不上馬英久了，雪特！

唉，我看我還是自己來好了。

有人問我，交一個固定的女朋友比較難，還是不停地換不同的女友比較難。

雖然擁有很多的女友是每個宅男共同的幻想，BUT！BUT我沒有那麼帥，沒有辦法整天換女朋友拓展我的人生視野、也沒有能力藉口「用戀愛取材」而努力不懈地換女友，所以，很遺憾地，固定長期交往一個女孩，當然比較簡單。

同理可證，短篇小說比長篇小說還要難寫，且難寫很多（喂！）。

很多初學者認爲，寫小說，理所當然要從字數不多的短篇小說練習起，我的觀點則完全相反。畢竟，你問我，一個不大會談戀愛的阿宅，是應該固定跟一個女孩子交往、慢慢感受什麼是愛情好呢？還是一直換五花八門的女朋友、體驗各式各樣的愛情跟姿勢好呢？

醒醒（大怒）！

你就給我固定交一個就對了！這麼蠢的問題不要一直重複問！

總之，十萬字規模的長篇小說，才有足夠的空間讓一個創作者在「漫長的實作」中慢慢思考劇情結構、經營角色、給予對白、鋪排線索、累積感動。最重要的是，仔細品嚐長篇創作裡最深刻的困境，知道自己擅長、跟不擅長的，每個環節幾乎都可以在十萬字的故事世界裡體會得到。

長篇小說是基本功，是培養說故事實力的浩瀚內力，那麼——

短篇，就是千錘百鍊後的一擊必殺！

就因爲短篇小說字數不多，想要精練地表達人物的情感極不容易，鋪陳不足是通病，節奏倉促慌亂更常見。角色變成了貼紙，由誰取代都可以，反正重點必定是在劇情，沒字數做人物刻劃……就算刻劃了，也常常很平板。

所以短篇小說經常只是帶出一個簡單的創意，一個特別的想法，籌碼直接梭哈推到桌子中間，一亮牌，作者與讀者之間的賭局瞬間結束。

單單爲了漂亮亮牌而寫出一個短篇也不是不可以。事實上，有何不可呢？也很好啊，但寫短篇小說如果只爲了亮牌，未免也太可惜。

——應該還可以有更多的東西。

我想在自己的短篇小說裡，做到把意義深刻的事說得非常有趣、打動人心、甚至來點呼吸瞬間靜止的震撼。更希望你願意在馬桶上看它、在床上看它、在餐桌上看它、在公車上看它、在課桌下看它。

然後隔一陣子又拿起來再讀一次。

這本短篇小說集，紀錄了我寫小說的第二年以來，至今第八年的軌跡。藉著修稿回顧它們的每個字句，就會看見不同時期的自己。

這九篇小說，最早的〈高潮〉完成於二〇〇一年，掀起了我對建構陰謀論的極大熱忱。我必須強調，常常小說裡的角色說了一大堆的機八話、做了一堆機八事，就只是反應了角色本身很機八這個顯而易見的事實，跟作者本人的思想毫無干係，誤解了這點，就很容易誤解了什麼是創作。

唉，不由自主想起了當初在寫〈高潮〉的時候的我，那小子很窮，窮到現在的我很想搭時光機請他吃一頓營養一點的東西。

敬你。

〈兇手〉、〈綠色的馬〉、〈浮游〉這三篇小說，曾連續三年得到三個純文學的獎，是我觀察這個社會底面的三部曲，寫得比較深刻，但放開「得文學獎的東西」的預設立場細讀它們，肯定會看到不同於平常九把刀的風景。

其中我異常喜愛〈綠色的馬〉這篇小說，它詼諧地嘲諷了我曾經想戰鬥的對象，好看得我愛不釋手，意義極其澎湃，卻又拒絕被賦與它所冷眼的意義。

於是這次的書名就以「綠色的馬」居首。

〈可樂〉，也是一場漂亮的陰謀論。

我無聊時就在想，要毀滅這個世界，除了天外飛來一顆隕石，還可以用什麼方式呢？於是誕生了很多說起來荒謬、認眞起來卻很可怕的「做法」。

話說我曾經把〈可樂〉閹割成三千字，然後拿去投稿倪匡科幻文學獎，但沒中，連最後的決選也沒進。你可能正在想……九把刀投稿耶，卻連佳作都沒摸到邊，這麼糗也敢拿出來講啊!?

哈哈！是很糗啊，不過還有更糗的。

〈可樂〉落選後的第二年，我再度將〈點亮世界〉這篇小說閹割成三千字，臉皮很厚地拿去投稿倪匡科幻文學獎，依舊連佳作都沒中！

沒中，也不過就是沒中而已，沒有其他的意義。

我正是要告訴你，文學獎只是一種鼓勵的形式，本質上是取悅評審，跟征服世界一點關係都沒有，太在乎那種形式上的勝負因而做出一些扭曲人格的事，眞的不必要，何苦來哉。

我也不會因爲自己很受矚目，就不敢投稿文學獎（九把刀得獎了似乎理所當然，但一落選，馬上就狂出糗啦！），只要我想做，就會去做，失敗了就嘆一下氣，得獎了就亂吼亂叫一下。這才是自我。

無論得不得獎，這些精心孵出來的小說本質也不會變，依舊很精彩！

〈不再相信愛情〉這一個怪怪的短篇，起因於一本文學雜誌向我邀稿。原本我是沒時間寫的，但我一時屁股癢，便問對方什麼都可以寫嗎？對方說是，於是我就臨時起意、亂寫一通交稿。我想編輯興高采烈打開「來自九把刀」的小說附檔後，臉一定整個歪掉。謝謝！對不起！其實我自己很喜歡啦！

趁機會交代這個短篇的靈感來源，是一個在網路上流傳的「搖滾演唱會短片」，是的，那個短片就長得跟你在小說裡看到的一樣，一樣扯！！

〈X理論〉是陰謀論的絕佳演出。在二〇〇七年過農曆新年期間，我在自由時報上進行了閹割字數版本的〈X理論〉連載，也借用了我很喜歡的方文山跟周董進去小說裡湊湊熱鬧。謝謝啦！我會寄書給你們的！

我最喜歡寫像〈X理論〉這種陰險又熱血的題材，很過癮，一方面要用邪惡的微笑勾引想像中的讀者的好奇心，一方面又要晃動水彩筆下的圖紙，讓飽滿的顏色大器地潑染開來，讓故事隱隱有驚人的格局。

這個故事，熱血地滿足了我自己。

最後，爲了第一次的短篇小說合輯的出版，我特地寫了全新的〈機構〉。

這個短篇起頭於二○○四年十二月，在我陪我媽媽一邊治療肺結核、一邊進行化療時，在電腦裡寫了一開始的五句話，接著便莫名其妙地擱下來了（這樣的超級斷頭小說，在我的電腦裡還有數十篇）。

好笑的是，這篇小說原名叫「一七二」，但三年後我重新完成它，卻忘了當初爲什要取名叫「一七二」。唉，人類的記憶力眞不可靠。

關於〈機構〉在寫什麼，就不多說了……

總之，依舊是一記漂亮的迴旋踢！

## Contents

# 綠色的馬

我打開門的時候，立刻就被牠刺眼的青綠色給吸引住。

牠的鼻子在噴氣，但我並不是因爲這樣才知道牠是活的。當一個東西活生生站在你面前的時候，你會清楚明白牠是活生生的。

而且是匹馬。

是匹大馬，青綠色的鬃毛、青綠色的身軀、青綠色的尾巴、青綠色的蹄，只有眼睛是炯炯的黑色。牠龐大的身軀將走廊擠得滿滿的，只留下剛好讓一個人側身掠過的一點空間。

我嚇了一跳，牠顯然也很不舒服。這樣的空間對牠來說實在太侷促了，一匹這麼大的馬是不會自己把自己塞到窄小的這裡，不管牠是什麼顏色。

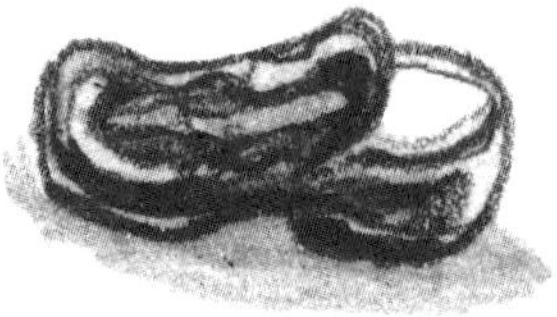

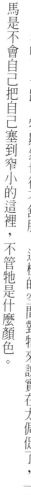

這裡可是公寓五樓！

「嗯……」我看著牠。

牠咧開嘴看著我，低下頭、嗅著我的皮鞋，然後啃了起來。

當一個人早上出門，門一打開，就看見一匹綠色的馬卡在門前的走廊上，第一個反應多半是關上門、然後再打開，看看自己剛才是不是看錯了，或是用力咬自己的手指。

但我沒有，事情既然發生了，你作任何確認都無法阻止它存在的事實。

我只是怔怔看著牠下垂的大腦袋。

總該有人爲這件事負責。

我小心翼翼脫下牠極感興趣的鞋子，踮著腳，沿貼牠顫動的身軀走到對面敲門。五樓就只有我們兩間住戶，馬不是我的，就一定是她的。

一匹馬不會無端端出現在窄小的走廊上。

沒有人應門。

我一邊敲門一邊看著那綠馬，深怕牠狂性大發用馬腿將我踢翻，但牠只是自顧自將我剛剛脫下的皮鞋咬成穿了一百七十年的樣子。

「肚子餓了嗎？」我問，停止敲門。

大概是出門了吧？

也罷，其實我也不太相信對面那個姓王還是姓汪的寡婦會突然弄一匹馬在走廊上。雖然這年頭誰也不大認識住在對面的人，但依照常理來說，誰都不會就這樣丟下一匹馬……然後出門做其他事吧？

所以，這是一匹走失的馬？

綠馬揮揮尾巴，然後將我的皮鞋啃進肚子裡。

「這年頭真鮮，誰會把一匹該死的馬漆成綠色的？」我發笑。

綠馬吃了我一隻皮鞋後還不滿足，巨大的鼻子嗅了嗅，竟將門口的鞋櫃給推倒，許多鞋子都翻了出來。

我嚇了一跳，趕緊擠過綠馬身邊，蹲下來將鞋子一雙雙丟進門裡，不然這匹飢餓的綠馬肯定將它們吃個精光，這樣我就必須打赤腳去上課了。

「張老師，今天怎麼沒穿鞋子上課？」

「喔，今天早上我出門的時候，發現鞋子都被一匹該死的馬吃光了。」

「馬？」

「是啊，綠色的馬。」

我不想經歷這樣的對話，但就在我將最後一雙鞋子丟進房裡時，那匹馬居然抖擻身子，鬃毛霍霍，低著頭毫不猶豫踏進我家。

我嚇得將身子縮成一丸，免得被踩破肚子。

牠顯然是追著鞋子進來的，我一雙去年底才買的耐吉跑鞋就這麼被牠叼了起來。牠甩著鞋帶，逗弄著牠的食物，看都不看我一眼。

我小心翼翼從馬肚下匍匐進房。

眞是絕了，這附近新蓋了動物園還是馬場嗎？居然把牠餓成這個樣子。

「你是因爲太餓所以逃跑的嗎？」我問。

在這種情況下自言自語，我忍不住覺得好笑。

這麼荒謬的事，一定得讓老王知道！

我立刻撥了電話給老王。

嘟嘟聲足足爬了半分鐘，老王的聲音才出現。

「老王，我跟你說一件很屌的怪事。」我興高采烈。

「現在才七點半。」老王打了一個哈欠，這種哈欠任誰聽了都會責怪自己。

但現在可是非常時期。

「別急，等你聽完以後大概會摔在地上！我早上出門的時候，發現……不，看見一匹該死的馬擠在我家門口，然後吃起我的鞋子！」我獻寶似飛快說完。

老王並沒有如預期跌下床，而是長達三秒鐘的靜默。

然後，又是一個長長的哈欠，我在電話這端都可以聞到他的口臭。

「……我說現在才、七、點、半，幫幫忙，你要早起我可不用。」老王的反應呈現中年早衰的徵兆。

「聽我說，重點在後面，牠是匹綠色的馬，當然是被人漆成綠色的，就這麼硬塞在走廊上，一匹馬耶！你也知道那有多擠，扯翻了吧！」我越說越興奮。

「……聽我說，馬不會吃鞋子……」老王慢慢說道。

「啊哈！牠正在吃我那雙耐吉！」我笑道。

「聽著，這麼一大早的我好累，你猜我昨天晚上去哪裡了？我跟晴美在……」老王的口氣有些不滿。

「等等等等，我知道很扯，但你要不要過來看看這匹該死的馬，難得一見啊！要是牠的主人把牠牽走，你這輩子就再看不到這麼扯的事了。」我無法理解老王的反應。

「……你不用上課嗎？」老王。

「拜託，一匹綠色的馬闖進我家吃鞋子，我能夠率性把門關上，然後若無其事去上課嗎？」我不解。

「我說馬、不、會、吃、鞋、子。」老王的語氣越來越冷漠。

「牠正在吃我那雙耐吉！」

「馬也不會是綠色的，吃再多蔬菜也不會。」老王的冷漠令我發狂。

「牠就是綠色的！被漆成綠色的！綠得一塌糊塗！」

「這樣啊？那我也要睡了。」老王又打了個又臭又長的哈欠。

我掛上電話。

幹！老王那傢伙竟然以爲我在說夢話。

我的腦袋裡浮現出去年老王生日，一夥人到錢櫃ＫＴＶ包廂唱歌時，老王在蛋糕前許下的第三個願望。

「第三個願望，我希望外星人能開飛碟來接我走，哪一個星球的人都好，去哪都沒問題，反正我在這個星球已經沒什麼可眷戀的了。三十二歲，如果可以開一下飛碟的話該有多好。」老王語重心長地說完願望，吹熄了蠟燭。

現在回想起來，那段話簡直令人作嘔。

「眞是放屁，許這種怪願望一定只是想把妹。」我忿忿不平。

我坐在茶色墊子上，眼睜睜看著綠馬將我那「隻」耐吉吃進肚子裡。

這樣活生生的事，一匹馬——即使是綠色的，但老王竟然寧願相信外星人會開飛碟來地球一遊並順道載他走，卻不肯過來看看一匹綠馬吃好朋友的鞋子。

「也許我剛剛應該說有個外星人的飛碟停在七樓水塔旁？不，不不不，這樣唬他來根本沒有意思……」我雙手中指按摩著太陽穴，自言自語：「馬的，就算跟他說外星人來了，他還是會繼續癱在床上，老王打心裡根本就不信有外星人……這年頭多的是徒逞口舌之快的傢伙。」

綠馬沒空理我的埋怨，卯起來吃我的鞋子。

要不牠餓壞了，要不就是鞋子太好吃。

我看了看鐘，正常來說我已經遲到了。

我必須打通電話給坐在我對面的、教美術的陳老師。

「喂，陳老師，我宇笙，我想請你幫我請個假，暫時先請整天的吧，因爲我不曉得一個早上處理不處理得完一匹該死的馬正在吃我鞋子的怪事。」我故意說得很快。

「等等，後面那句太長了！」陳老師果然發現。

「我今天早上出門前，看見一匹該死的馬，牠很可憐，被人用油漆漆成綠色的，牠本來卡在我家門口前的走廊，但剛剛我一開門，牠就跑進我家吃鞋子。」我慢慢解釋。

「你確定是油漆？這樣馬會死掉吧？」陳老師疑道。

我愣住了。

仔細一聞，只有一股騷味。

「好像不是油漆，也不像是水泥漆，倒是有股騷味。」我承認。

我站了起來，戒慎恐懼在綠馬旁，仔細研究牠身上的肌理與鬃髮上的青綠色。

那青綠色像是天生就長在牠身上似的。

「是青苔嗎？」陳老師。

「不，好像是天生的。」我。

「黴？」陳老師。

「也不像，牠只有眼睛不是綠色的，其他連蹄都是。」

我仔細觀察。

「這麼說，牠是一匹綠馬？」陳老師的語氣並沒有透露

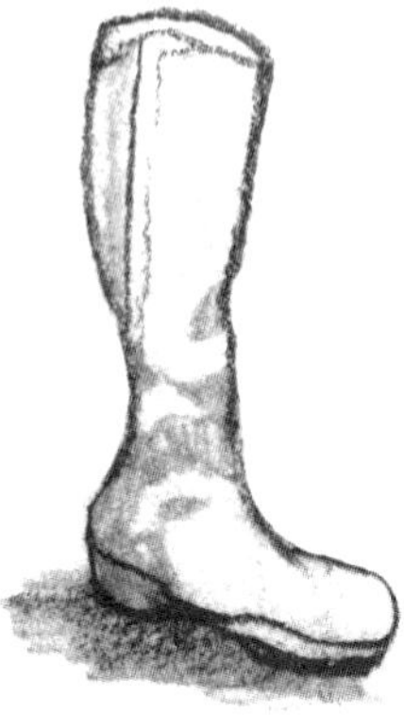

出懷疑。

「貨眞價實。」我篤定。

綠馬抬起頭打量我一會。

牠斗大的黑色眼珠倒映出我的模樣，隨即低下頭玩弄我的塑膠雨鞋。

「這件事挺奇怪的，你有沒有想過爲什麼是匹綠馬，而不是匹藍馬？」陳老師眞不愧是念藝術的，問的問題果然別出心裁。

「我怎麼知道，一開門就看見了。」我輕鬆說道。

「藍色代表自由，像青鳥就是自古以來的自由象徵，馬的話嘛，你那匹馬的額頭上有長角嗎？」陳老師的問題越來越奇妙。

「長角？你的意思是獨角獸？」

我蹲下，仔細看看那匹馬的額頭上有沒有絲毫反常的隆起。

牠正啃著我的塑膠雨鞋，等一下拉肚子我就麻煩了。

「有嗎？」陳老師。

「沒有，牠剛剛在瞪我。」我吐吐舌頭。

「綠色的馬，卻不是獨角獸？……這一定是在隱喻或象徵什麼，綠色和平？解放主義？環保主義？蔬菜主義？」陳老師連珠砲提問，語氣相當嚴肅。

「等等，也許我們應該放棄從顏色去想，畢竟牠是匹很大又該死的馬才會讓我這麼困擾，要是換作一隻綠色的狗還是貓出現在我家門口，我根本不會多看牠一眼。你想想，一匹這麼大的馬怎麼跑到公寓五樓？我這又沒有電梯。」

我試著讓陳老師輕鬆一點。他的認眞嚇到我了。

「不，顏色才是關鍵。一匹白馬、黑馬、棕馬、紅馬，牠們都是普通的馬，沒有隱喻，沒有象徵，沒有符號，沒有嘗試訴說什麼或被投射什麼……你知道嗎？牠們就是吃草而

已。一匹綠色的馬就不一樣了，一定有人藉著牠想傳達某個訊息或是意識形態，要不然牠不會一身綠色。」

陳老師的語氣不容置疑。

我有點坐立難安，意識形態這種不算東西的東西對一個數學老師來說就像一堵不親不近的高牆。

又，有誰會叫一匹馬來跟我說什麼東西、卻不自己跟我說？

「有沒有可能……牠生下來就是一匹綠色的馬？」我問。

「你覺得一匹黑色的或白色的馬出現在你家門口的機會多大？」

陳老師的態度很嚴峻。

我無奈地聳聳肩，讓綠馬噴氣在我的臉上。

「差不多是零吧。」我承認。

「根本是零。所以了，只有像綠色這種具有隱喻能力顏色的馬，才有可能出現在你家門口。這件事一開始就具有不可發生的荒謬性，既然荒謬，就必須以荒謬相平衡才可能存在。」

陳老師越說我越迷糊。

「太複雜了。」我放棄。

「荒謬如果存在，則必有其意義，這個意義可能只是單單傳給你，也可能是想透過你再傳達給其他人，但爲什麼偏偏選中你？想要知道答案的話，你必須好好思考你自己，因爲你才是事件的起點。」

「思考自己？」

「了解自己，才能獲知這匹綠馬對你的意義何在。這件事沒有人可以幫你，你自己就是解答。」

陳老師就像葉教授。

但我已分不清是星海羅盤的葉教授，還是全民大悶鍋裡的YA教授。

「……更複雜了，我只能這麼說。」我一敗塗地。

「總之先靜下來，好好審視自己。」

「好吧，我會照做的。不過你能不能過來一趟？你一定不敢相信牠正在吃我的雨鞋，塑膠的！」我打起精神。這才是我的目的。

「這樣做對你一點好處都沒有，我一旦去了，不只我見不到那匹綠馬，你眼中所看見的那匹綠馬恐怕也會像海市蜃樓一樣消失，那樣的話，你就失去了解綠馬與你之間意義聯繫的機會，隱喻憑空失墜，豈不可惜。」陳老師遺憾地說。

「不會吧，那匹馬不是幻覺，也不是什麼海市蜃樓……我家又不是沙漠。牠既然已經確確實實存在，就不會一溜煙不見，我消失的鞋子可以證明。」

我唯一完全可以堅持的立場，就是我絕對沒有幻視。

「消失的東西無法證明任何存在的事物。好好思考自己吧。」

陳老師哲理充滿，我彷彿可以看見他身後發光的轉輪。

「……謝謝，記得幫我請假。」我好像被當作小孩子。

「嗯，我會幫你找個好理由的。」陳老師掛上電話。

□

不知怎麼，拉哩拉雜跟陳老師說了這麼多，我心裡反而虛無飄渺得很。什麼符號隱喻象徵意義對我來說都是很次要、很不想理解的東西。

重要的是，我根本分不清楚陳老師相不相信我說的話。

什麼幫我找個好理由？

難道一匹綠色的馬在家裡吃鞋子不足以構成無法去學校上課教書的理由？

「恐怕生重病、喪假、結婚那種理由都沒有這件事正當。」

我看著地上零零散散的鞋子，突然感到十分喪氣。

綠馬抖抖脖子，精神奕奕咧開大嘴，好像在向我宣示牠的勝利，一股臭臊自牠齒頰間流出，還和著雨鞋的橡皮氣味。

我盯著牠。

牠身上的綠色就跟牠一樣眞實，而我的鞋子也一隻隻、確確實實被啃進牠的肚子，這不是證明是什麼？

什麼「消失的東西不能證明存在的東西」？眞是令人傷心的詭辯。

我數一數，地上還有八雙鞋子又七隻。

按照這種速度，牠不到一個小時就會啃完。

我注意到，牠還是一匹挑嘴的馬。我的鞋子從一雙雙，被牠啃成一隻隻，全都只剩下左腳的鞋子。不折不扣，牠是一匹嗜吃右鞋的綠馬。

或者，綠馬都只吃右鞋的？

那藍色的馬是不是正好相反，只吃左邊的鞋子呢？

綠馬停下來了，四處張望著。

「飽了嗎？你知不知道只吃一腳的鞋子會多帶給別人很多不必要的麻煩？」

我質問，但聲音可不敢放得太大太兇。我聽過幾起馬腳踢死人的意外。

綠馬沒理會我，逕自移動牠龐大的身軀，在客廳裡到處抽動牠的鼻子尋找著什麼，東嗅嗅、西聞聞。

剎那間我還眞不願牠跑走，因爲現場只有我，唯一一個神祕事件的目擊者，嘴巴單一張、眼睛就一對，牠走了以後，我說什麼都不會有人相信。

「說實話，既然你都可以是綠色的，錯就錯到底了！說不定你也會講話？要是你不會說話，說不定你聽得懂我說的話？聽得懂就點點頭。」我說。

「噗……嗚……」

沒有點頭也沒有搖頭，綠馬只是放了一個簡短有力的響屁回應。

客廳飽漲了鞋子的皮革氣味。

我不安地看著牠。

「你該不會吃飽了吧？換個口味如何？」

我趕緊走到臥房，拎起一雙塑膠的浴室拖鞋和一雙毛茸茸的皮卡丘室內拖鞋，丟在牠的腳邊。

綠馬連看都不看一眼，自顧自踩著地毯橫過客廳，碰翻桌子上還沒收拾好的碟子跟半片花生土司，奶茶也翻在地上。

最後，綠馬停在我那六呎大魚缸前，看著裡面綠意盎然、隨波擺盪的黑木蕨跟水芙蓉，小氣泡綿綿細細地從寬大的葉面線一般穿出水面。

綠馬看得發痴。

「別吃我的水草。」我警告。

重新種一缸水草可是很累人的大工程，鞋子花錢再買也就是了。

我一說完，綠馬的鼻孔噴氣，偌大的喉嚨嘶嘶低鳴，張大嘴巴，然後一頭埋進我精心佈置的魚缸中，大口大口喝起裡頭的水。

幾隻小燈魚驚慌失措地躲進沉木與溪石的縫隙中，水草中邪般搖搖亂晃。

「要喝水就喝個夠吧，六呎大的魚缸夠你喝的。夠意思的話就別跑。」我說。

我看綠馬一股傻勁地喝水，暫時並沒有吃掉水草的意圖，於是癱在沙發上拿起手機，翻開電子通訊錄思忖。

該撥給誰呢？

我嘆了一口氣，要是我上星期沒有跟塔塔分手的話就好了，女人在絕大多數的情況下都會願意相信她的男人。

我研究了電子通訊錄半天，最後決定撥通電話給住在最近、只有兩條街距離遠的大哥。雖然很久沒連絡，但我相信親兄弟總是與眾不同。

「大哥，我老二，現在方便講話嗎？」

「嗯，要做什麼？我再過半小時就要進實驗室了。」大哥總是過得很匆促。

「我問你，你遇過最扯、不管怎麼說別人都不會相信的事是哪一件？」

「問這個做什麼？你現在不是應該在學校上課嗎？」大哥還沒進入狀況。

「先別岔開，你倒說說看。」我堅持。

「好吧，我想一想……如果說是親身經歷的話，大概是去年冬天，有一天深夜我在實驗室做蛋白質電泳分析的時候，一轉身，就遇到老爸站在後面看我做實驗，不知道站了多久。」大哥漫不經心地說。

「等等，老爸不是前年過世的嗎？」我愕然。

「是啊，所以我說沒人相信。」大哥一副無所謂的語氣。

「不，我信！」我趕緊宣佈。

「那還眞謝謝了，沒別的事我要掛了，我晚一點打電話給你，過幾天一起吃個飯吧。」

大哥每次這樣說，都沒有眞的打電話。

「等等，我也有件事要說給你聽，目前為止沒人相信。」

「說吧。」大哥無奈。

「今天早上我出門的時候，在門口撞見一匹綠色又該死的馬，是活生生會呼吸的那種，牠甚至還吃掉我的鞋子，現在牠正在我家客廳，喝我魚缸裡的水。」我很快說完。

我屏息。

「一匹馬現在在你家？你撿到的還是買的？」

大哥聽話總是匆匆忙忙的，什麼都只聽六成。

「馬是在門口撞見的，牠很大，幾乎塞滿了走廊。」我加重語氣：「而且，牠是綠色的，不是油漆、水泥漆或顏料，牠天生就綠油油的一大頭。」

「等等，先別管什麼顏色，一匹馬怎麼會出現在那裡？」大哥總算開始把話聽進去了。

「說得好，牠當然不會自己出現在我家門口，牠一定是有人養的、被胡亂丟在那裡的，眞不負責任吧？可是牠既然進了我家，我也沒辦法就這樣關起門去學校，別人會以爲我偷了他的馬，萬一我因爲這種理由被警察抓去，不被大家笑死才怪。」我故作輕鬆。

「嗯，這樣可就麻煩了。」大哥沉吟了一下。

「可不是？」我竊喜，至少大哥信了這回事。

「你想過打電話給消防隊嗎？電視上抓蛇抓鱷魚都是找消防隊解決的，你知道嗎？他們連一隻頭鑽進鐵桶的流浪狗這種事都會管，這個新聞你看過了嗎？一隻整個頭硬生生卡在鐵桶裡的狗耶，就跟鐵頭人游坦之一樣，那隻狗大概是被遊民還是過度無聊份子捉弄的吧。」

大哥越說越遠了，什麼鐵頭人的，眞教我啼笑皆非。

「沒有，我等一下才會打，我要先找到人看這匹該死的馬吃我的鞋子，事實上我只剩八雙零七隻鞋子，時間緊迫，你趕快過來吧。」我進入正題。

「老弟，我等一下還要實驗啊！」大哥大感不解。

「包你大開眼界，我有個教美術的朋友說這種事很有隱喻跟象徵意義的，但我一個人想破頭也不知道這匹綠馬在跟我扯什麼蛋，你快過來，帶你那幾個一起搞實驗的朋友過來也行，大家集思廣益。」我熱情地邀請。

那綠馬抬起頭，整張臉溼答答地看著我，魚缸裡的水被牠喝得只剩下一半多一點，水混混濁濁地晃動。

綠馬打了個嗝，鼻孔吐氣時還慢慢鼓出一個偌大的透明泡泡。

電話那頭沉默許久。

我開始想起我跟大哥之間好像沒那麼親？

綠馬鼻孔上的大泡泡遲遲不肯飛出或爆破，荒唐地黏著，七彩油光在泡泡上打漩，我的臉印在上面扭曲變形，然後飛轉起來。

我怕我看到頭暈，將頭撇開。

我應該跟大哥說這匹馬正在吹泡泡嗎？他大概會立刻掛掉電話吧。

「怎麼樣？這種事不必考慮了，臨時請個假死不了人的。」我勉強笑笑。

「你爲什麼要這麼堅持呢？」大哥的語氣赤裸裸表現出不滿跟過度的成熟：「馬就是馬，一大早出現在你家門口雖然很不可思議，但也只是機率大小的問題，全台灣兩千三百萬人當分母，你一個人當分子，該碰上就會碰上，只是誰當分子的問題，大家都有機會的。」

「我的天啊！你居然跟一個數學老師說機率！聽我說，這種事不是機率的問題，不管分母有多大，分子怎麼可能必然存在？這種事說了也沒人相信，中樂透都沒這麼離奇。你想想，樂透每次總要開出六個得獎號碼，但誰規定每年至少要有一個人在家門口遇到一頭該死又綠色又會吃右腳鞋子的馬！你現在不帶同事來參觀，比錯過樂透還要不值！」

我被激怒了。

「好好好，我相信你！不過你只要照相就好了不是？照完後email給我啊！再不然，打電話給消防隊把事情鬧大，到時候也會有記者來拍吧。」大哥試圖「開導」我。

「我的天我的天！這年頭都沒有人會去朋友家、甚至親弟弟家，去看一匹該死的、綠色的馬嗎？我相信你說的靈異現象！你卻不相信我！」我忿忿不平。

「……我相信你，但我不相信你說的事。」

大哥的語氣很篤定，篤定到令我快要窒息。

「這是學科學的人講話的邏輯？你是在敷衍我！」

我的呼吸急促起來。

「我只知道，『相信』是不能拿來交換的。」大哥的語氣頓時充滿了顛撲不破的哲學感，還有一種千山我獨行的要命自信。

我愣住了。

一種被欺騙的悲憤梗塞在我身體某個部分，讓我不禁大吼了起來。

「誰說『相信』不能拿來交換？那你說美日安保條約、德蘇互不侵犯條約是怎麼簽的？你跟大嫂那張結婚證書是怎麼簽的？『相信』不就是你給我、我才給你的東西嗎？小時候你跟我說四樓樓梯轉角的舊房間有鬼，記得嗎？你害我到現在還是不敢上舊家的四樓，就算我知道你是唬我的我也照信到現在，而你這個騙子居然不肯來我的房間看一匹馬！綠色的馬！」

我大吼大叫，那匹綠馬似乎被我嚇到了，鼻子上的大泡泡震動了一下。

□

不知道是誰先掛了電話，總之談話不甚愉快地結束。

我頹然坐在地上，一種從小到大不斷被欺騙卻無法平反的不滿情緒在胸口碰碰盪盪，我的腦袋裡頓時湧出許多現在根本無從想像的、愚蠢至極的童年經歷。

大哥長我三歲，或許跟大哥剛剛說的類似吧，我相信他這個大哥比他說的那些怪事還要多很多，但我畢竟還是信了他所說的每一件事。

我國小三年級時，大哥說二樓廁所馬桶下面住了一隻龍蝦，那隻龍蝦不但有毒又巨大，還相當具有攻擊性，特別是在沖水的瞬間，牠最喜歡藉著隆隆排水聲的掩護，迅雷不及掩耳地揚起那對紅色的大螯，喀擦喀擦！所以大哥警告我跟小弟坐在馬桶上面大便時要格外小心，免得小雞雞被突然衝出的龍蝦夾走。

這件龍蝦傳說令我至今在舊家大便時心裡都有個陰影，忍不住像小時候一樣，兩隻腳

高高蹲站在坐式馬桶上、兩隻眼睛注視著底下神祕的排水孔，然後在沖水之後頭也不回地跑出廁所，恐怖的制約似地。

該怎麼解釋這種隨便就相信別人的壞習慣呢？我也不是沒思考過這個問題。

我猜想，每個人一輩子都會得一種病，一種心理的病。

得了「對不起，我的時間比較容易溜走」的病的人，都免不了在恍惚中浪費掉時間。

得了「是的，我對紅燈比較沒有感覺」的病的人，開車難免忘記腳底下的踏板哪一個是煞車、哪一個是油門。

有人稱這種病作「個性」，但其實不是的。

「病」是一種比個性還要深入一個人的本質的一種東西，它就這麼牢牢紮在人的心裡，盤根錯節，你要是決心跟這種病脫離關係，遲早還是要生另一種病代替，到時候還不是要重新習慣跟另一種病相處？

麻煩得很，所以大多數的人都選擇百折不撓地把病繼續生下去。

而我，大概是得了一種叫作「天啊，連這種事我都非信不可」的病。

只要對方不自己說穿，我都無法獨立揭穿謊言，或根本就懶得去思考眞假之間是否有必要花心思分辨。有時候我難免會反省，或許我生的其實是「害怕別人生氣」的病？

有些事實在很難教人不起疑竇，但我總是懶得進一步去質疑別人，生怕別人因爲我不信任的眼光而惱羞成怒。

所以，我最害怕遇到在路上拿著一疊顏面燒燙傷、肢體嚴重殘障的苦難人士照片的義工，他們一旦向我靠近，說出一個又一個令人感傷的故事後，我就無法不掏錢將他們手中那捆寫不了幾個字就會斷水的原子筆買下來。

要知道，他們把那些故事說得千迴百轉、教人眼淚不得不滴下來，我怎麼還有心情懷疑人家？

我嘆了口氣，這時候嘆口氣可說十分應景。

有時候，事實不過就是一張嘴。

於是這個世界上大概可以分成兩種人，一種是專門說故事讓別人相信的那種人，一種則負責照單全收。眞是不公平的階級區別。

我手撐著腦袋，看著那匹害我請假的綠馬。

綠馬鼻子上的大泡泡越來越大，不知怎麼就是不會爆破，就像漫畫七龍珠裡，悟空手中那團龜派氣功一樣越來越大顆，卻也越來越不眞實。我的臉就像嵌在哈哈鏡裡，在巨大的泡泡上浮腫痴呆。

我頭一偏，泡泡上面的我立刻被擠到邊緣，扁得像頭該死的海馬。

我伸出手指想戳破這個大泡泡，但手指卻直接穿過這個滑不溜丟的薄膜。我將手指抽了出來，泡泡依然完整無缺，只是輕晃了一下。

一匹馬。

一匹綠色的馬。

一匹會吃右腳鞋子的綠色的馬。

一匹會把頭塞進去魚缸理喝水的綠馬。

一匹正在用鼻孔吹大泡泡的綠馬。

而那個該死的泡泡越來越大，大概有五個籃球加起來那麼大。

我開始懷疑牠是不是故意的，事先準備好各種稀奇古怪的把戲再闖進我家裡，就像表演魔術一樣讓我頭暈目眩，於是這件事就會變得難以理解、光怪陸離，讓我不管怎麼跟別人說都不會被相信。

但這有什麼好處呢？

製造出一件別人不願相信的事到底是對誰有好處？

對我當然是沒有好處，可是我也想不透這對牠有什麼好處？瞧牠趾高氣昂地吹著泡泡，好像是要把我比下去似地，又好像正嘲笑著我的一籌莫展。

「很得意嗎？會吹泡泡又怎麼樣？眞不曉得你在耀武揚威些什麼。」

我用手指彈了那個泡泡一下。

我的腦袋裡浮現出大哥所說的那隻整個頭都卡在鐵桶裡的流浪狗。

我還記得那天晚上跟塔塔一起在這裡看重播的電視新聞時，那隻鐵桶狗在大白天被一群好奇的行人跟記者圍住，牠因爲無法看見周遭的情況而驚慌失措，在馬路旁邊跌跌撞撞的，牠既叫不出來、又不知道該往哪裡去，就像一組少了個下引號的括號，話沒好好說完，又不曉得在搞些什麼東西，莫名其妙將行動的意義硬生生斷裂了。

當時塔塔難過地扯著我的手，說：「你不覺得牠很可憐嗎？這個世界上就是有那麼殘忍的人，只會挑弱小的動物欺負。」

塔塔差點要哭了，一旁的我卻覺得「很難接下去」。

那條狗就像個令人尷尬的馬戲團小丑，從高高的鋼絲上不小心摔了下來，汗流浹背、臉上的妝都給糊了，在聚光燈裡佝僂匍匐著，而台下的觀眾卻不知道該發出噓聲還是安慰的掌聲，一齊僵在那裡。

終於，消防隊出現了，大家七手八腳地總算將鐵桶從狗臉除下，那條狗錯愕地看看這個重新接下去的光明世界，然後看看大家，夾著尾巴逃到汽車底下，失控的記者卻拚命將攝影機往下塞，要牠表示一點重獲新生的意見。

塔塔鬆了一口氣，我也鬆了一口氣。

現在想起來，說不定那條狗也是故意的。

牠故意讓鐵桶卡在臉上或長在臉上，然後大搖大擺在路上東倒西歪地亂走，使看到的人覺得難受得不得了，坐立難安到非想辦法解決這個鐵桶不可。

但那條狗卻在鐵桶裡吃吃地奸笑。

一切都是那條狗的陰謀。

「對了，你認識那條臉上卡了個鐵桶的狗嗎？你也想學牠來那麼一招嗎？拾人牙慧啊貽笑大方啊，還虧你在十二生肖裡的排名上還贏了狗四名……」

我乾笑著。

綠馬沒有答話，牠的表情變得很莊嚴肅穆，壯碩的身軀一動也不動，只是表演特技般慢慢吹著鼻孔上的大泡泡，深怕一不小心就會啵一聲炸掉。

我嗤之以鼻。

幹。

擺明了就是唬爛我，眼前的大泡泡不眞實到了頂點，怎麼可能說炸掉就炸掉。

泡泡大得不像話，讓我聯想到國小運動會時，沒有參加大隊接力等任何一項體育競賽的同學，都會被派去參加的趣味競賽項目：「龍球」，然後一群小孩子在操場上瘋狂追抱著比他們身體還要巨大好幾倍的海綿大球，滾動、摔倒、尖叫。

那時我大概是二年級吧，我當時有營養不良的嫌疑，身體比同年齡的孩子都要孱弱瘦小，自然沒有辦法參加其他的體育項目，於是我跟一群女生站在操場的青草地上，看著巨大的龍球來勢洶洶向我壓來。

我永遠不會忘記那恐怖的經驗，那個五顏六色的圓形物體就像古墓隧道裡的祕密機關，朝著冒險犯難的印第安那瓊斯身上轟隆隆地滾去，然後四周都是高亢而尖銳的叫聲，以及抖動崩裂的巨大狀聲詞。

我昏厥了。

龍球在我身上擠壓過去的時候，黏熱又夾帶青草碎片的泥土氣味鑽進我的鼻孔，世界變成沉默的黑色。然後遠處響起急促的哨子聲。

至今在睡夢中，我仍懼怕深陷在一望無際的巨大中，在墨藍的海水深處裡、在宇宙疑似黑洞的邊緣上、在沒有亮光的綠色隧道中、在高聳的白色巨塔前。

隨時會將我壓倒吞噬。

驚醒前我總會聽見一連串急促的哨響，然後看見老師疑惑又帶著些許責難的眼神，問我：「宇登，你怎麼昏過去了？」

每次我都來不及告訴她，我叫宇笙不叫宇登，但在開口辯白之前就已經坐直身體，醒了過來。

而現在，這粒不知道要膨脹到什麼時候、什麼程度的大泡泡開始教我心神不寧，它幾乎要將我連同沙發一起推倒，我眞不曉得一個大泡泡哪來的力量使我有這種錯覺，唯一的解釋就是不眞實了吧。

我的胸口開始喘伏，有些透不過氣來。

我閉上眼睛、雙手摀住耳朵，用力踢了那大泡泡一腳。

但那個大泡泡依舊咕嚕咕嚕地漲大。

「我的天，這太過分了吧。我終於知道你爲什麼會流落到這裡了，因爲你一點都不討人喜歡！」我躲到沙發後面尖叫：「你的主人一定是個三流的魔術師，你吃光了他所有的鞋子，然後被他趕了出來！然後呢？然後你跑到我家，吹了一個該死的大泡泡！你做什麼都不討人喜歡！你就不能好好去吃草嗎？去街上跑一跑啊！」

不知道那綠馬是聽懂了還是湊巧，牠瞇著眼睛，狠狠打了個噴嚏，而大泡泡就這麼「發射」出去。

我大受驚嚇，整個人遭到雷擊般往後一彈，撞上了臥室的門。那該死的大泡泡像龍球一樣緩緩飄浮在空中，飄著、滾著，客廳的擺設、裝潢，在那球面的彎曲空間中詭異地扭轉起來。

櫃子上仿作的兵馬俑一下子變得很大、一下子萎縮成細瘦的一條線，然後是一書櫃的百科全書突然漲大了十幾倍，層層疊疊的厚重感驟然奇異倍增。

我瞪大眼睛，大泡泡裡的怪異世界就像深居海底的軟體怪物腔腸，慢慢朝著我捲動過來，深沉的童年噩夢頓時從無法分辨的大腦區塊中被召喚出來，我大叫一聲。

所幸大泡泡並沒有像那顆龍球一樣把我壓扁。

它只是呆呆地懸在客廳天花板上，像氫氣球一樣靜止不動。

我瞪著那匹綠馬，牠嘶嘶低鳴，好像很滿意自己的惡作劇。

然後低著頭，又開始吃起鞋子！

我說過了，我的鞋子只剩下八雙又七隻，按照牠挑食的壞習慣來計算，很快地，非常快地，我就會失去將這匹馬留在這裡的所有籌碼，接下來，牠就會咧開大嘴奸笑，頭也不回地離開被搞得亂七八糟的我的家。

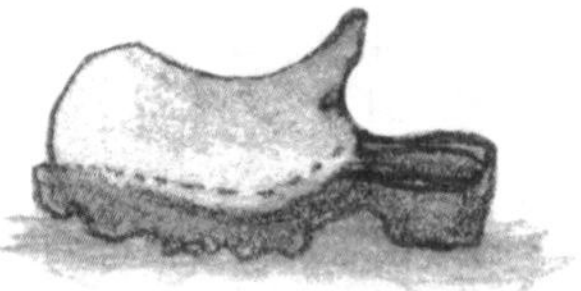

然後，也許牠會突然長出綠色的翅膀，朝著天空某片雲層飛去，留下最後一件我說了別人也不會相信的結局。

也許，牠會慢條斯理地走下樓，在街上大搖大擺地走著，讓街上的行人覺得困惑、覺得「這件事非處理一下不可」，於是記者跟消防隊來了，就像處理那條將頭塞進鐵桶的流浪狗一樣，一邊訪問綠馬、一邊想辦法拿刷子刷掉牠身上刺眼的綠色。

也許，我根本不必中牠的計謀。

只要我關上門，去房間睡個又香又甜的覺，下一次眼睛睜開，這匹該死的綠色的馬就已經自動離開了。我根本不需要在意牠是怎麼不見的。

也許，也許陳老師說得對，這匹綠馬只是我潛意識的虛幻產物，一種自我的神祕投射，一種被迫反省，一種哲學性的存有而非生物性的存在。我勉強這樣想著。

綠馬抬起頭來，勝利地笑了笑。

這個笑讓我挫折不已。

「混帳！你以爲你眞的是哲學性的存有嗎！你、是、匹、馬！」

我絕地大反攻吼著，吼著，然後眼淚居然爬滿了整張臉。

我拿起電話，瘋狂按下每一個電話號碼，用近乎哀求、時而憤怒的語氣拜託他們來我家一趟，看看剛剛差點被一匹綠馬吹出的巨大泡泡謀殺的我。

十七通電話結束，我卻只用了十五分鐘。平均每一通電話還不到一分鐘。

是的，我感到很傷心。

我的鞋子即將全體陣亡，卻沒有一個朋友願意來我家看看這匹在中正路公寓五樓突然長出來的綠馬……

要是有誰打電話告訴我，他家廚房有隻正在炒菜煮飯的熊貓，或是正在客廳高談動物也應該要有投票權的梅花鹿，甚至不管牠是什麼顏色，我都會迫不及待地衝去。這種事一生能遇到幾次？

零啊！

爲什麼相信別人竟然這麼困難？

大家不是有志一同輕蔑好萊塢電影裡那些不相信別人的迂腐角色嗎？

「侏儸紀公園二」中，小孩子呆呆地說：「爸爸！院子裡有一隻暴龍！」但小孩的爸爸卻只哄他乖乖去睡，放任院子裡的狗狗連同狗屋被暴龍叼起來吃掉。

「天崩地裂」中，悲愴的地質學者呼籲：「各位鄉親！你們腳底下踏的可是馬上就會爆發的火山啊！」結果那些不信邪的傻瓜居民果然被炸到屁股開花。

誇張的事實總是難以置信，慢半拍後悔莫及的總是大有人在。

綠馬正在啃最後一隻右腳的鞋子。

我眞想出門多買幾雙便宜的鞋子讓這匹馬啃，好拖延一點時間，我相信最後總會等到某個好奇心重又勤快的朋友來訪。

是否我該將朋友的定義增列一條：「如果我要你來我家看一匹綠色的馬吃我的鞋子，你願意嗎？」打勾的話，才是眞誠以待的好友？

我搖搖頭。

那只會讓我更寂寞。

等等！

「或許……或許這不是個相信不相信的問題？」我靈機一動，對著即將吞下我最後一隻右腳鞋子的綠馬說：「這其實是好奇心的問題！他們就算相信了我，但是好奇心不夠的話，他們也懶得過來吧！」

說到最有好奇心的朋友……對了！駱大軍！

前年同學會一票人聚著喝酒，提到當年得了「抱歉，上課是我個人的黃金睡眠時間」的病的駱大軍已經脫胎換骨，變成作家去了！

好奇心殺死作家跟他的貓，這句話不知道是誰說的，但總有些道理吧？

我立刻翻箱倒櫃，找出泛著一層細灰的國中畢業紀念冊，暗自祈禱駱大軍仍舊住在原址，用的仍是同一個號碼。

話筒裡一陣溫吞的嘟嘟聲，終於有人拿起電話。

「喂？請問駱大軍在嗎？」我暗暗祈禱著。

「我就是，請問你是？」熟悉又疑惑的聲音。

「喔喔喔喔，我是你國中同學，宇笙！」我振臂大呼。

「啊，好久不見！你不是在原來的學校教書嗎？教數學對吧！」

「是啊，不過先別提這些了，當作家的不是會被好奇心殺死嗎？那好，現在有一隻綠色又該死的馬正在我家客廳，你信不信？」

我等不及聽聽駱大軍的想法。

「信啊，不過牠怎麼是綠色的？你漆的嗎？」駱大軍說。

他的反應讓我嚇了一跳。好奇心果然可以殺死作家跟他的貓！

「不是啊，牠天生就是綠油油的一頭，這點是毋庸置疑的。」

「挖靠，這馬是天生的民進黨。」駱大軍嘖嘖稱奇。

「還有，那匹綠馬剛剛吃掉了我所有的鞋子……只有右腳的鞋子，你信不信？」我緊接著問。

「信啊，不過為什麼只吃右腳的鞋子？你把左腳的鞋子藏起來了？還是你出過車禍只剩下一條腿？」駱大軍很快就給我渴求的答案。

「不啊，牠就光挑右腳的鞋子吃，好像故意在找我麻煩！」我埋怨。

「這麼說起來，牠是一匹極右思想的馬？怪哉，極右思想的民進黨馬？」

駱大軍的聲音充滿哲理。

我怎麼從沒發現這個世界上多的是哲學家？

「眞是見解出眾，我怎麼都沒想過這些？還有，那匹綠馬還一頭栽進我的魚缸喝水，然後用鼻孔吹了一個比我還大的大泡泡，你信不信？」我乘勝追擊。

「信啊，該不會是用右邊的鼻孔吹的吧！」駱大軍立刻反問。

我愣了一下，立刻回想剛剛的畫面。

「忘記了，好像是吧？」我抓抓頭。

「嗯，超硬右派！」駱大軍篤定地說。

「喂，你是政治家還是作家啊？」我失笑。

「作家必須是任何人啊！不然怎麼寫得出形形色色的、花花塵世中的千臉百孔？」駱大軍的聲音很自負。

「也是。反正，說到底就是這麼一回事，我剛剛打電話給一個教藝術的同事，他居然說那匹綠馬是我的潛意識，是我憑空幻想出來的請假理由！」

「他說的也有道理啦，不過我們換個方式想，有些動物天生就喜歡僞裝，渴望變成另一個樣子，像是枯葉蝶、竹節蟲，也就是我們說的保護色加上擬態那類的名詞，而這匹綠馬牠把自己生成這副模樣，說不定也是一種保護色，要不然就是想模仿其他的動物？」

駱大軍的腦筋動得又快又怪。

我滿意極了，眞不愧是作家。

「不過我不覺得牠在模仿誰，牠可驕傲得很，要說是保護色，在最缺乏綠色的都市裡，綠色絕對是最不適合的顏色啊，這匹馬要搞擬態也應該長成灰濛濛的一頭！」我提出精闢的見解。

「說得有理。」

既然說得有理，於是我決定切入正題。

「駱大軍，來我家見識見識吧，那匹綠色的馬啃光了我所有的右鞋，隨時都會開溜。」

我想沒什麼好拒絕的了。

「不了，我正在趕稿呢。」駱大軍隨口說道。

我的胸口宛若遭到重擊。

「一隻徹頭徹尾死硬右派的綠馬啊！」我呆滯地說道。

「是啊，眞是匹有趣的馬，不介意我拿去當小說的靈感吧？當個開頭還是結尾的都不錯。」駱大軍輕輕鬆鬆說道。

那是一種結結實實的、非常突兀的碰撞感，就像你正在開飛機，卻無論如何沒想過會撞上迎面而來的火車一樣。

我感覺自己快要燒起來了。

「介意得很！牠吃光了我所有的鞋子，你就這樣把牠當靈感拿走？」

我用力掛上電話。

我深深覺得被背叛了，被所有的人給耍了。

那匹綠馬抖擻著身體，高抬著頸子，兩隻斗大深邃的黑眼珠眨了眨，慢條斯理地走出玄關。轉身。

最後的畫面，是一束搖擺有如拂塵的馬尾。

我沒有中計。

我沒有中計。

我沒有中計。

我沒有中計，走出門，看看那匹趾高氣昂的綠色的該死的馬是怎麼離開的。

反正我說了也沒人會信。

我沒有力氣抓狂，事實上我虛脫了。

綠馬走的時候一定也順便帶走了我身上的什麼。

我只剩下赤腳將所有孤伶伶的鞋子踢到牆角的力氣，勉強將自己埋在沙發裡，打開電視。

「曾經主演過許多『泰山』電影的黑猩猩明星奇塔，今年已經七十一歲了，目前奇塔受到很好的照顧，牠不但可以吹冷氣看卡通，閒暇時還彈彈琴作作畫，奇塔的畫作收入不但能養活自己，甚至還能救濟其他老動物明星……」

嘟。

「在三重市開車送貨的陳允，養了一頭近兩歲的公豬，他訓練豬仔練就替人按摩的功夫，在果菜市場傳爲佳話。原來公豬用鼻頭，以旋轉方式在主人的背部、腰部、腿部、關節等部位按摩，而且力道還不小。陳允覺得很舒服，好奇地示意要公豬按摩他的『重要部位』，但公豬不肯按……」

嘟。

「台中市光復國小外操場的年貨大街，昨天出現一頭有怪癖的環保羊，看到有人抽菸，不管菸是不是還在燃燒，馬上搶來一口吞下肚去，很多人故意拿菸逗牠，說牠上輩子鐵定是個老菸槍……」

嘟。

「美國加州有一隻叫朵夏的小狗，上星期被車撞倒在路旁，警員發現後爲了不讓朵夏繼續遭受痛苦，決定送牠一顆子彈，朵夏被誤認爲已經魂歸西天送到冰櫃冰了起來。哪知朵夏的命不該絕，在冰櫃裡待了兩小時之後，被工作人員發現牠還有呼吸，立刻把牠送到獸醫院進行急救後，朵夏竟然奇蹟似地活了過來，而且現在已經完全恢復……」

電視裡一個畫面又一個畫面，既遙遠又不切實際。

我無意識切轉著各家新聞，沙發像柔軟的流沙將我淹沒。

綠色的不知道是什麼東西走了。

就剩下天花板上，一個不知道什麼時候會突然炸掉的大泡泡。

# 高潮

A片裡的二男一女正打得火熱。

制服被撕破的女孩兩眼瞪得老大，不可置信地看著抓開自己雙腿的中年男子，彷彿有天大的好事將要降臨在自己身上。

女孩神色淒迷地低吟著，像是哭嚷著什麼咒語。

終於，在中年男子野獸般地一輪突刺後，女孩放聲喊著越來越高亢的日文，似乎在呼籲著什麼偉大的理想。

最後，男子急切大叫，抽身而起，唏哩呼嚕地射在女孩喘息的臉上。

「來愛愛吧?」

老公大剌剌地問，伸手將光碟退出，一手攬著身旁的老婆。

「好沒情調。」老婆笑罵著，將光碟機又打開，放入另一片A片。

A片裡的女孩赤裸裸地綁著紅繩子，一頭蓬頭垢面的肥豬趴在女孩的下體處，拚命地伸出舌頭往裡面找東西吃。他越吃，女孩就一直嚷嚷，好像在說：「裡面沒有你要的東西。」果然，肥豬終究沒有找到東西吃，但女孩瘋狂地大叫，還噴得肥豬一頭霧水。

「我們在一起兩年了，爲什麼我都沒有這樣過？這是不是人家說的高潮？」老婆紅著臉，手指摸著下體。

「高潮？妳聽誰說的？」老公臉色不悅，伸手又把A片退出。

「就是露露啊，昨天在SOGO遇到她，她最近結婚了。」

老婆有點不安。

「就是妳那個大學室友？養貓那個？」老公的眉毛擠在一起。

「對啊。」老婆低著頭，像是做錯事的小孩。

「她跟妳說了什麼？怎麼會提到高潮？」老公質問著。

「沒呀，就兩個人一起喝咖啡啊，她就說她以前跟她男朋友愛愛啊，都碼沒有高潮，但是換了個男人結婚以後，每個禮拜都至少一次高潮耶，是不是就像A片裡那樣啊？」老婆的手不由自主又拿起一張光碟。

「以後不准妳跟她連絡了。」老公正色道：「她在騙妳，她只是想跟妳炫耀。」

「騙我？」老婆有些不高興，說：「爲什麼這樣說？」

老公嘆了一口氣：「老婆，這世界上沒有高潮這回事。」

老婆瞪大了眼，問：「沒有高潮？」

老公點點頭，雙手摟著老婆的肩膀，說：「沒有，全都是騙人的，根本沒有高潮。」

老婆狐疑地說：「你才騙人，A片裡面的女主角都碼有高潮。」

老公有些不滿地說：「要是眞的有高潮，妳會沒有高潮嗎？」

老婆耳根發燙，說：「我好像有一次，就快要高潮的樣子……記得那是我們結婚前一星期，你跟我在陽明山洗溫泉那次。」

老公一愣，卻隨即說道：「其實高潮這個東西，都是媒體建構出來的，都是騙人的。妳沒有高潮過，卻說妳快要有高潮，這不是很奇怪嗎？」

老婆有些發窘，不說話。

老公接著說道：「一個沒吃過蘋果的人，卻說某某東西吃起來很像蘋果，這不是很奇怪、很好笑嗎？」

老婆不知道該說什麼，心底卻好像不以爲然。

老公摟著老婆的肩膀，溫柔地說：「再說，如果眞的有高潮，我難道不會給妳高潮嗎？」

老婆嘟著嘴，說：「我怎麼知道，露露又不會騙我，她說高潮眞的很那個……」

老公氣得瞳孔撐大，說：「很哪個？很爽？妳知不知道ＡＶ女優這個名詞？女優就是女演員的意思！也就是說！Ａ片都是在演戲！在演戲！那都不是眞的！」

老婆有些被老公嚇到，支支吾吾地說：「雖然是演戲，但是……」

老公的鼻子吹著氣，氣呼呼道：「一個送包裏的按了門鈴，女優穿著睡衣打開門後，就跟送包裏的幹了起來，這難道不是演戲？妳跟送包裏的幹過沒有？妳穿過睡衣開門沒有？」

老婆一直搖搖頭，心中有些怕了。

老公看見老婆害怕的樣子，深深嘆了一口氣，歉然說：「對不起，我太兇了，但是我一定要告訴妳，高潮這種東西不但是假的，是演戲做出來的，而且它還是女性主義的陰謀。」

老婆眼神迷惘地看著老公，說：「怎麼跟女性主義有關？」

老公神色凝重地，壓低聲音說：「我在社會系念博士時，指導教授就是在搞顚覆女性主義研究的，他說最新的研究已經證實，高潮這種東西果然是女性主義基本教義派聯合媒體製造出來的滅種毒藥，這件事在學術圈已經不是祕密了。」

老婆看著老公嚴肅的眼神，忍不住笑了出來，說：「你又在騙我啦？」

老公正色道：「是眞的，高潮被發明出來是有原因的，那些瘋狂的女性主義者爲了要讓世界上所有的女人都變成同性戀，於是製造出女人可以達到一種叫高潮的假象，妳猜，爲的是什麼？」

老婆疑問：「是啊，爲的是什麼？」

老公面有不屑，說：「爲的就是讓異性戀的女人以爲男人可以給自己高潮。但是，妳知道的，沒有高潮要如何高潮呢？所以女人就會覺得跟自己愛愛的男人性能力有問題，因此就會失望，就會去找另一個男人。當然，沒有高潮就是沒有高潮，找再多男人都沒有用，最後女人只好求助女人，然後就通通變成女同性戀了。」

老婆的眉頭緊皺，疑惑說：「要是沒有高潮，找女人也沒有用啊？」

老公一拍掌，叫道：「對啊！妳說到重點了！我的老婆果然是聰明人，一下子就看穿高潮的陰謀了！」

老婆有些不好意思，但嘴角忍不住露出得到大獎的喜悅。

老公顯得蠻高興，繼續說：「因爲那些女性主義基本教義派都是瘋子，徹徹底底的瘋子，她們以爲這樣就可以讓所有的女人都變成女同性戀，從此就消滅了男性，天啊！這多麼可怕！幸虧我的老婆聰明伶俐！」

老婆一愣一愣聽著。

老公親親老婆的額頭作爲獎賞，又說：「妳知道我雖不討厭同性戀，但是基本教義派總是喜歡搞這套意識形態，那樣就惹人討厭了。她們甚至編寫出仿冒的古代文獻，例如《金瓶梅》、《肉蒲團》、《痴婆子傳》等等，都是爲了賦予高潮的虛假神話眞實的血肉。」

老婆雖然很高興，但想了想剛剛老公的說法，還是忍不住問：「爲什麼女性主義基本教義派會消滅掉男性？啊！是因爲大家都變成女同性戀後，都不生小孩子了嗎？」

老公猛點頭，說：「對！她們只爲了自己開心，卻要毀掉所有的男性，但要是沒有男人，沒多久人類就會滅亡了，到時候就是蟑螂統治的天下。我的天，要等猴子再一次進化成人類要多久妳知道嗎？」

老婆驚詫地聽著，她從未想過這個問題那麼嚴重。

老公忿忿地說：「要是有一天人類毀滅了，都是這不存在的高潮害的。」

老婆呆呆地看著老公，說：「那……那……我還有個問題……」

老公大方地兩手一攤，說：「說啊，我聰明的老婆。」

老婆緊張地問：「那露露……爲什麼要跟我說她有過高潮？我跟她可是七年的好朋友說，她應該不會騙我，她……她不是什麼女同性戀啊！」

老公緊握著拳頭，憤怒道：「這就是高潮最恐怖的地方！高潮已經變成女人的虛榮心，也變成男人的虛榮心，大家都在宣稱自己有過高潮，其實這都是爲了讓別人覺得自己活得很開心，爲了不使自己跟大家不一樣，不使自己變成沒有高潮的可憐蟲！」

老婆還是困惑：「但露露……」

老公搖搖手，說：「高潮這種東西存在著情慾與權力上的矛盾性，它就是靠著這種矛

盾性不斷扭曲人與人之間最純良的互動。當然了，妳跟愛炫耀的露露之間也同樣存在著這種高潮的矛盾性。」

老婆一愣一愣地看著社會學博士的老公，手裡的A片遲遲不敢放入光碟裡。

老公繼續說道：「要是一個女人很愛一個男人，那男人卻無法給那女人不存在的高潮，那個女人只有三個選擇：一，投向別的男人的懷抱。二，不再多想高潮這件事。三，欺騙那個男人。露露就是屬於第三種。」

老婆似懂非懂，問：「欺騙那個男人？欺騙男人，說自己達到高潮？」

老公滿意地點點頭，說：「女人爲了不讓心愛的男人對自己的性能力沒信心，常常假裝自己在愛愛時達到高潮，這一切都爲了避免男人喪失尊嚴。但，這無論如何都是一種欺騙，這種欺騙扭曲了兩個親密愛人間的關係，這就是愛與欺騙之間的矛盾性。」

老婆自動自發地接著說道：「所以露露的高潮是爲了讓她老公開心？」

老公點點頭，又說：「對，她跟妳說她常常高潮，另一方面也是在宣傳她丈夫的性能力。所以，她不但欺騙了她丈夫，也欺騙了妳。高潮帶給社會一種集體欺騙的幻象，在社會的人際網絡中埋下危險的炸彈。」

老公嘆了一口氣，從抽屜中拿出一根菸，點著，說：「要是有一天高潮的眞相被徹底揭發出來，露露的丈夫將發現她長期受到欺騙，而露露的朋友也將發現自己被她騙了，而露露也會怨恨社會製造出這樣的假象，讓她成爲罪人。」

老公吸了口菸，緩緩吐出，語重心長地說：「以此類推，社會中的信任關係將會被摧毀殆盡，最珍貴的價值觀——信任，就此瓦解。妳看這有多麼嚴重？總之，不要再跟露露來往了，她是個危險份子。」

老婆有些難過，看了看手中的A片，她心裡還是很想要有高潮。

原來，自己期待已久的高潮竟是假的。

原來，那種被描述成欲仙欲死的心神蕩漾，是不可能達到的。

老公看到老婆失望的神色，安慰道：「別難過了，全世界都籠罩在高潮的陰影下，只有少數幾個人才知道這麼殘酷的眞相，我們夫妻之間沒有那種虛僞的欺騙關係，總是值得慶賀的。」

老婆有些想哭。

但又馬上堅強起來。

沒有高潮的話，不但她沒有，別人也同樣沒有。

至少她不必爲了討老公開心，強作高潮樣。

「老婆，別說那麼多了，來做愛吧，雖然沒有高潮，但是我還是很喜歡跟妳做愛，因爲我們是爲了愛而做愛，不是爲了高潮而做愛，這才是眞愛啊！」老公的舌頭舔著老婆的耳朵，右手搓揉著老婆的乳房。

老婆一陣輕笑，終於將光碟放入光碟機，說：「等一下啦，一起看看最近最流行的美鳳光碟吧，聽說男主角做愛做了四十七分鐘耶，看一下，學學人家嘛。」

老公將電腦螢幕關上，將老婆抱了起來，按倒在床上，竊竊在老婆的耳邊磨蹭，說：「其實那個四十七分鐘，也是假的，妳知道嗎？這又是另一個陰謀，這個陰謀……」

老婆打開雙腿，任老公柔中帶剛地插入，聽著老公溫柔地說著另一個令人作嘔的陰謀。而床頭的牆後，正傳來了鄰居新婚夫妻做愛的狂野嘶吼，與「高潮」的虛假哀饒……

# 兇手

總算輪到我了。

記得在一個週六深夜的靈異節目中，神祕兮兮的主持人曾說過，每個人一生中或多或少都會遇到幾樁無法解釋的怪事。

正如他所說的，每個週末總有幾個眉頭深鎖的特別來賓與張牙舞爪的觀眾，在那個靈異談話節目裡說著一個又一個令人毛骨悚然的親身體驗。

我本來以爲像我這樣平凡的人，這輩子是沒指望遇到什麼光怪陸離的事。

這絕對跟我在這社會中扮演的角色有關。

但，就在我打開房門的那一刻起，便發現怪事早已縮在我的房間裡，沉默、毫無隱喻地等著我，而我如同走進一個孤獨的舞台，被迫扮演一個猥瑣困頓的偵探，將昏黃的桌燈對準那張陌生的臉孔，開始一場無奈的審問。

那是張蒼白的臉孔，還隱隱發紫。

我坐在床上，看著蒼蠅在那張臉孔上又飛又爬的，已經六個小時又七分鐘了，但那雙空洞的眼睛跟我之間的關係，我還是想不明白。

他是誰？怎麼會坐在這裡？

還趴在我熟悉的桌子上？

最重要的是，他死了。

他顯然是死了。

他的眼睛已經像條死魚一樣整整睜開了六個小時，身上還發出一股酸酸的腐敗氣味，不知道掛了幾天。還好死不死，離奇地掛在我房裡。

這顯然就是問題所在。

害怕的階段已經過了，只要時間一直在跑，什麼東西都可以習慣，習慣過馬路要看紅綠燈、習慣別人過馬路不看紅綠燈，還包括習慣跟一具莫名其妙的屍體靜默相處這種事。

跟一具屍體獨處並非想像中那麼恐怖，你只要開始了解屍體是完全不具立即威脅性的，你就能跟我一樣，冷靜地思考屍體怎麼會跑到自己房間裡掛掉。畢竟我的生活不是場電影。

我說過了，這跟我在這個社會中扮演的角色有關，屍體突然起身變成吸血鬼或殭屍這類驚悚題材，並不適合出現在城市的這個角落。

也許，房間裡突然出現一具屍體這種事雖然教人錯愕，卻也不見得讓人手忙腳亂，我們付錢給警察就是為了處理這種事。

但我沒有報警。

雖然我有支室內電話，還有一支上個月才辦的手機，甚至還有兩組號碼，一組市內的，一組是「對的事，永遠率先做到」的遠傳；大家都知道，電話不過是一堆機械的簡單組合，而號碼才是重點，它才是靈魂，就跟NOKIA廣告說的一樣：「科技始終來自於人性」。有號碼，電話才有人性。

我有兩個號碼，雖然這個城市的其他人並沒有打過電話給我。

對，但我沒有報警。

因為我突然想不太起來，這幾天自己到底去過什麼地方、做過什麼事情、看過什麼電視劇，這些不明不白的渾沌狀態告訴我，現在我要是報警，一定會被當作犯人給塞進鐵籠子裡。

我雖然沒住過鐵籠子，但動物園裡大猩猩的痴呆表情倒見過兩次，所以我看算了，我還是認眞花點時間，把該想出來的、揪在我腦袋裡的東西挖出來。

這就是我爲什麼要耗上六個小時，跟屍體作沉默對話的原因。

一個人會不記得幾天前的自己做了什麼或許不是什麼大不了的事，這是這個城市裡流行已久的政治文化，什麼時候要當台灣人，什麼時候又突然進化成新台灣人，有時候自己都忘記當初的理由。這事不新鮮，反正每次選舉到了，總有人告訴你應該當什麼人。

又離題了，這是我的壞習慣，因爲在這個城市裡要找個人好好練習說話是件不容易的事。總之，我獨自在屍臭中反省了六個小時，卻連開門進來前自己發生過什麼事也是一團亂七八糟、半點也沒印象，這就太誇張了。

是啊，太誇張了。

我咬著手指，指甲都快給吃了，我想這個時候需要點幽默感，電視裡的英雄都是這樣做的。

於是我輕斜著眉毛，歪著嘴，擠出一個無奈的笑容，這是我跟港星陳冠希學的，平時沒事時我偶爾會來上這麼個笑容。

雖然沒人在看，但現在的情況跟這個笑容挺搭的。

我努力回憶這幾天地球的模樣。可惜最近這幾天世界發生的大小事，彷彿都跟我毫無關係，我印象最鮮明的新聞，一個是英國在世界盃用十二碼罰球踢爆了阿根廷；另一個是醫生在某男子的肚子裡，發現一條超過三公尺的條蟲，眞是令人嘖嘖稱奇。

除了遙遠的某處那顆罰球，以及那條三公尺的巨大條蟲外，我實在記不起這幾天的新聞內容，我搞不懂地球跟我之間的距離，也無法估算我的自我究竟失蹤了幾天。

一天？兩天？三天？

還是更多？

我沒事失蹤個什麼勁啊？

屍體好臭。

也許我可以從屍體的腐敗程度，知道我的桌椅究竟被他霸佔了多久，因爲我很肯定，我不可能待在家裡卻沒發現自己的桌子有具屍體。再白痴也不可能。

所以屍體趴在我的桌子上幾天，我就至少在外遊蕩幾天。

可惜我不是法醫，所以我無法從他的多臭、或他的皮膚滲出什麼味道的屍水知道他賴在我房間多久。關於我爲什麼不是法醫，這就是另一個很長卻又很簡單的故事了，城市裡大部分的人都聽過這樣的故事。但這不是重點。

我托著下巴，看著默默無語的屍體，心中納悶自己這間毫無特色的房間，爲什麼會成爲兇手殺人棄屍的地點？

不，說不定他是被別人在其他地方幹掉，然後被搬到我的房間裡來？

這是個很難笑的惡作劇？

或嫁禍？

所以，就算我可以從屍體的臭味知道他死了幾天，也想不起來他「被搬到」我房間幾天……但，有誰會把一具屍體丟到我的房間？

兇手把屍體丟到我的房間，而不丟到隔壁那個白頭髮老婆婆的房間，也不丟到樓下收舊報紙的老江的房間，一定是因爲兇手認識我，想嫁禍給我。

嫁禍啊？這種事眞是複雜。

我揉著太陽穴，卻沒法子在腦袋瓜裡揉出什麼仇人的鬼影子，唯一可能跟我結怨的人，是國中時代坐在我旁邊的洪菁駿，不過年代太久遠了，她不可能爲了偷吃便當這種小事記恨十幾年吧？

更何況，她是個女孩子，怎麼會有力氣扛一具屍體到我房間裡？

又更何況，我跟她自從畢業後就沒連絡了（事實上，除了拿到畢業紀念冊通訊錄的補習班外，誰也沒跟我連絡過），她想扛屍體找我，也不曉得我住在哪裡。

這樣說起來，這應該是一起隨便亂丟屍體的案子。因爲沒人知道我住在這裡。

也許連隔壁的老婆婆都不曉得她隔壁住了個人吧？

不過樓下轉角再轉角的街上，那個賣早餐的老闆娘，倒有可能知道我住這。

老闆娘臉黑黝黝的，多半是因爲長期跟油煙相處的關係，有時候她會將頭髮盤起來，有時候她索性用頭巾包起來，我想是爲了衛生的關係吧，老闆娘是個好人。我記得去年曾經跟她說過我住在附近街上的轉角的轉角，她或許記得，因爲老闆娘的記性非常好，她總可以將連續劇的劇情回溯到一個月前，再對劇裡的好人與壞人進行性格分析。

就因爲老闆娘的記性奇佳，所以老闆娘每次一看到我，就會問我：「老樣子吧？漢堡蛋加中杯奶茶？」然後順手在霹靂作響的鐵板上打了顆蛋，放上幾片洋蔥。

「沒錯，就是老樣子。」

我總是微笑，然後拿起桌上被番茄醬漬了一塊的報紙。

我喜歡老闆娘記得我的習慣。雖然有時候我想點些別的東西吃，像是烤巧克力土司跟柳橙汁之類的，但我都忍了下來，因爲那會破壞我跟老闆娘之間的「老樣子」。老樣子一旦被破壞了，我在老闆娘的眼中就會退化成顧客，而不是一個活生生的人。

誰都討厭被當成顧客。

老闆娘大部分的時間都忙著，因爲這附近的小學生都會跑去那兒買早餐，早餐店的生意從來就不錯。但老闆娘儘管忙，偶爾也會跟我哈拉幾句，聊聊她的兒子考上了成大研究所，或是昨天的電視劇演了些什麼。

爲了同她有話嚼，我每天晚上都會看民視的鄉土連續劇，親戚別計較啦、長男的媳婦啦、飛龍在天啦、情義啦，我全都看了。有時候重播再看一次，殺時間的慣性。

去年快過年的時候，老闆娘問我什麼時候回家過年，我跟她說我就住在街上轉角的轉角，回家只是走上幾步路罷了，但過年這種媒體製造出來的消費怪物，有一點批判思想的人是絕不會過的。

所以老闆娘知道我住在這裡。

但老闆娘不是會殺人的那種人，我知道不是。要是連老闆娘這種和藹可親的人都會殺人棄屍，這個城市早已堆滿屍體，我想都不敢想。

話又說回來，知道我住在這裡的人，只剩下我自己而已？

「喂？知道是誰掛了你嗎？」我問，看著屍體，屍體也看著我。

半透明的灰白薄膜下，藏著一種很茫然的眼神，不像是等待著什麼，也不像是不等待著什麼，屍體的眼神什麼也不像，就跟卡在任何東西的中間一樣。

我在暈黃燈光下持續端詳著屍體，眼睛都快閉上了。

屍體不像電視，屍體可是沉默得厲害，無趣得不得了。

我屏住呼吸，靠近屍體的臉孔仔細地瞧瞧，依舊是張陌生的臉。

完全無法想起來的一張臉。

於是我在屍體的褲袋裡搜尋著，也許有什麼身分證或是證件可以幫幫我想起些什麼，也許我可以在畢業紀念冊中找到他的名字，也許他來自我想不起來的童年記憶，也許他正是某個童年玩伴、穿越城市的灰白與擁擠想找我聊些童年還是夢想之類的，卻意外死在我房裡？

雖然我很明白沒有所謂的童年玩伴知道我住在這裡，但這個世界畢竟充滿了不可思議，就跟那條三公尺的大條蟲一樣。

可惜，屍體的口袋裡只有兩張折好的統一發票、三個十元銅板，以及一串鑰匙。這鑰匙我見過，因為它根本就是我的。這也許可以解釋為什麼兇手或屍體可以進入我的房間。

但屍體本身依舊陌生。

儘管很陌生，但在一個小時前我曾經問過自己一個荒謬的問題：「難道我自己就是兇手？」

這種情節可以在幾部好萊塢電影中見到，警探主角緝兇緝了半天，最後居然發現原來是自己的人格分裂，兇惡的人格連續殺了好幾個人卻渾不自知。最後眞相大白時，主角面臨內心衝突善惡難分神魔交戰痛苦分裂，而戲院裡的觀眾無不大呼劇情急轉直下好不過癮等等。

但，人生雖然就是戲，演不完的戲，有的時候悲，有的時候喜，然而這戲碼大小有別，從來不是人人都有機會成爲「電影」裡的演員，只有陳水扁、宋楚瑜、連戰、馬英九、李登輝、謝長廷這些人的戲，才是人人爭相目睹的大螢幕格局。

這城市裡大多數的人的戲，都是狗屁倒灶的鄉土連續劇，抬不上大場面，而人格分裂導致犯案這種天殺的屌事，跟我自然一點關係也沒有。

我很清楚自己在城市裡的角色，我不是負責殺人的。

我有我的角色，我的角色是負責在城市中做遊蕩的冥想，試著讓自己成爲城市的一大塊裡的一小塊。

但這具屍體畢竟還是掛在我的房裡，這是無堅不摧的事實，這個事實令我睏倦，我忍不住又打了個哈欠，因爲我不是個好偵探，畢竟偵探也不是我的角色。

一隻蒼蠅停在屍體的眼睛上，我突然感到厭煩，伸手將蒼蠅趕走。蒼蠅冷冷地飛到屍體手指勾著的馬克杯上，馬克杯裡裝了一杯曾經是即溶咖啡的東西。那是我的即溶咖啡。

我喜歡喝「好東西要和好朋友分享」的三合一即溶咖啡，一方面是因爲我喜歡那些廣告，一方面是因爲它跟廣告一樣，什麼都幫我調好了，我只要把熱水往杯子裡頭一沖，廉價卻很實際的香味立刻餵養一個渴望表象風格之外的靈魂。

但這杯曾經是咖啡的東西，現在卻飄著一點一點的圓形綠色。

我想應該是發霉了。

兩個小時前，我有股衝動想把馬克杯裡的不明物質倒掉，洗一洗，重新沖杯咖啡喝，但屍體的手指輕輕勾著馬克杯，使我感到同情與淡淡的遺憾。

這屍體還是個人的時候，一定想把這杯好喝的即溶咖啡喝完，不料死神卻先一步找上了他。我試著把也來一杯的念頭給忘了，就當作是保留現場完整罷。

蒼蠅一直死纏著屍體，我替那具屍體感到悲哀，雖然屍體一向是逆來順受的高手，但我決定爲他做點事情。

我在櫃子裡拿出一瓶殺蟲劑，在屍體的臉上、背上、胸口、手上、腳上仔細地噴上一層藥水，果然那些可惡的蒼蠅紛紛惡靈退散。

等等，在噴殺蟲劑的時候，我注意到一件我六個小時前就該注意的事實：這屍體沒有明顯的外傷啊！沒有外傷！就表示這具屍體很可能是從一個活蹦亂跳的人自然變成屍體的，而不是被什麼兇手幹掉。

自殺？是自殺麼？

難道，在這具屍體還是個人的時候，是特意跑來我房間裡自殺的麼？

還是不小心跑來我房裡自殺的？

還是不小心跑來我房間，然後又不小心來個突然暴斃？

我的天，這眞是太可怕了，這是什麼沉淪的時代啊，居然要跑到人家家裡自殺？不管是故意的還是不小心的，這種帶給別人麻煩的事一點也不可取。

「喂，你幹嘛跑到我家自殺？」我在屍體的耳朵旁說。

屍體當然保持他沉默的權利，我只好坐回床上。

唉。還是報警算了，反正警察也該知道，殺人這回事不是我這種小角色該做的，警察說不定也會知道，這具屍體是自殺死的。

不行，我又忘了警察一旦問起我這幾天的行蹤時，我根本答不出來的窘境，一個喪失數天行蹤的人根本就是模範嫌疑犯。而且，萬一這屍體不是自殺死的，例如是被下毒之類的，我只能看著訊問室忽明忽暗的聚光燈乖乖認帳。

也許毒藥就在這杯發霉的咖啡裡，可偏偏杯子又是我的。

又，如果這屍體是自殺死的，我還是無法解釋他爲何無端選在我家結束生命。

也許天亮以後，我該去街上轉角的轉角，問問早餐店老闆娘我這幾天有沒有去吃過「老樣子」早餐？

也許根本不必等到天亮。我可以去問問樓下的隔壁的隔壁，那間「全家就是你家」的二十四小時營業便利商店的櫃台小弟，林育信。阿信。

我猜阿信是個打工的大學生吧，櫃台上總擺著一本畫滿英文符號與複雜線條的教科書，雖然我從沒看過阿信正眼翻過它一次；但這也難怪，阿信經常以電影中的慢動作鏡頭切割自己的舉動，可能他太累了，也可能他喜歡讓別人覺得他累了，以致於沒有時間把視線對準那一本教科書。

本來嘛，我是應該問問阿信我這幾天有沒有像往常一樣，在晚上十點時來點叉燒包還是壽司飯糰的，這樣就可以釐清我這幾天的行蹤了。

但阿信記不記得我的臉，我可相當沒把握。

因爲阿信從來沒問過我：「還是老樣子嗎？」這樣的話，可見我們之間的默契還不夠。

這當然不能怪我，我已經盡力了，我曾經連續一個月在阿信面前單單只買一個叉燒包和麥香紅茶。

整整一個月喔！

但阿信每次都一臉木然地敲著收銀機，一邊打著呵欠、一邊將發票跟零錢塞在我手上。

有一次，我破例買了一個川味辣肉包還有一罐橘子汽水，在櫃台結帳時，我看著阿信半睜著眼將收銀機打開，終於忍不住問他：「阿信，你知道我今天爲什麼不買叉燒包跟麥香紅茶嗎？」

「啊？一共三十五塊。」阿信只是迷惑了半秒，隨即告訴我身爲顧客的事實。

就是這樣，阿信從沒記得過我的習慣，甚至連我總是不要塑膠袋這麼有公德心的事也不記得，每次結帳完都要問我一次：「先生，請問你要塑膠袋嗎？」，眞令人洩氣。

後來我放棄了跟阿信之間的默契培養，畢竟連續一個月猛吃叉燒包可是會膩死人的。所以問阿信應該沒屁用吧，他甚至連我在心裡叫他「阿信」這種事也不知道。

我還能問誰呢？

公車司機？

我可不認識總是會在我快到站時，會大叫「蕭國勝！下車囉！」這種模範司機。我認識的司機只跟老年人說話，例如那個每分每秒都在趕時間的八字鬍司機老陳，他總是對慢吞吞的歐巴桑大喊：「卡緊啦，青紅燈係嘸等人耶！」

我還沒到司機願意跟我喊叫的年紀，對老陳來說我還只是個投幣的乘客罷了。

漫畫店的小李？

那個戴著拉風紅色邊框眼鏡的小李？

不，他跟阿信一樣，連我在心底叫他「小李」也不清楚。更扯的是，小李連我故意、重複、不斷地租借《七龍珠》這套老漫畫的「老樣子」都沒心思注意；任何人都該知道，《七龍珠》儘管是套經典漫畫，但像我這樣努力複習同一套漫畫的情況絕對是異數。

半年前我終於壓抑不住，於是堆出一個老顧客該有的笑容，拿著三本《七龍珠》漫畫在櫃台前跟小李說：「好漫畫，就像《七龍珠》，每一次看的感覺都不一樣，每次都有新的領悟。」

小李窩在櫃台後的小椅子上，從一本厚厚的連載漫畫冊中抬起頭，歪著頭問：「會員號碼？」

我微笑道：「《七龍珠》我看了三十一遍了，還是很讚啊。」

小李看著電腦螢幕上的會員資料庫，不耐煩地說：「號碼忘了？電話號碼或手機號碼？」

就這樣，從那時候起我就不看《七龍珠》了，那會使我想起感傷的互動。

總是這樣的。我竭力想要培養出電視劇裡顧客與老闆間的默契，例如我只要點個頭，老闆就會將一杯不加奶精、半匙白糖的藍山咖啡送到我面前，彼此還會不言而喻地雙目交會。但這種默契其實是城市裡的海市蜃樓。

還是該去打工的地方，問問老闆我這幾天有沒有去上班？

行不通的，有一次我請了三天病假，第四天我回到賣飲料的小店時，老闆對我的稱呼只剩下「喂」一個字，簡單卻不明瞭。

我曾經試圖抗議：「老闆，我叫蕭國勝，你可以叫我小蕭或老蕭。」

老闆總是坐在電風扇前，切著西瓜，用一種陷入哲學式沉思眼神看著我，然後把西瓜放進果汁機裡攪碎，生硬地說出：「小蕭」兩個字。然後過了五分鐘、或是三杯西瓜汁的時間，我的稱呼再度簡化成一個「喂」字，好像我的抗議從未發生過。

「是存在感的問題嗎？」

我看著屍體，真希望他也有同樣的困擾。

屍體的屍臭跟殺蟲劑的藥水味混在一起，流露出悲傷的味道。

「其實，說不定大家都是一樣的。」我安慰著屍體，說不定阿信跟小李在其他地方也有同樣的重量困擾。

想想也對，這種令人胸口鬱悶不停吐氣的事常常發生在我的身上，說不定不是我媽當初忘記把「存在感」一併生給我，更可能是因爲這個城市的每個人都正在流失一點一滴的存在感？

也許，這個城市沒有一個人知道我這幾天做了些什麼。說不定連跟我最爲熟稔的老闆娘對我的記憶，也僅止於「漢堡蛋加中杯奶茶」吧。

這樣說好像太過淒慘，或許我該去鐵籠子裡住上一陣，認識一些新朋友？認識一些知道我在做什麼的新朋友？不，我說過我看過大猩猩那落寞空虛的眼睛。算了。

「唉，你倒是輕鬆。」我看著屍體嘆口氣，再看看桌子上的心臟病藥丸。

也許哪一天我突然心臟病發，就能跟這個表面上挺吵鬧、實際上卻相當靜默的城市說掰掰。

屍體的迷濛眼神像是在嘲笑我。

嘲笑我面對一動也不動的他時，竟是一籌莫展，只想得到逃避的方法。一臉蠢樣，甚至開始可憐起自己。

「搞清楚，是你把我害成這副模樣的。」我輕輕踹了這屍體的肚子一腳，說：「有你的，眞會選地方死啊！」

屍體的嘴裡鑽出一條小蛆，像是對我耀武揚威的回應。

「屍體再怎麼驕傲，終究還是具屍體。」我說，心中竟有股委屈的酸楚。

我決定把屍體丟掉了，就像丟垃圾一樣。

人明明就不是我殺的，我當然可以把屍體唏哩呼嚕丟掉，然後在門口撒鹽。

況且，說不定這件事的起因本來就是一場荒謬的「屍體接龍」遊戲，就跟以前國小時幾乎使整個學校陷入恐懼漩渦的「幸運信」一樣，大家著急地把收到的、一點也不幸運的幸運信抄一抄，塞在隔壁同學跟隔壁的隔壁的同學的抽屜裡。某種亂七八糟的制約。

而「屍體接龍」大概是由某個無聊透頂的兇手發起，把屍體丟給下一個驚慌失措的倒楣鬼，倒楣鬼想了老半天，於是決定把這具不知從哪來的屍體繼續往下丟，丟給另一個想破腦袋也想不出屍體打哪來的可憐蟲，如此一個傳一個……

現在，終於傳到我的桌子上。

「原來是這麼一回事。」我看著屍體的眼睛。

他的眼睛變得很無辜。

被當作一個晦氣的東西丟來丟去，心裡一定不大好受。雖然死了。

雖然屍體怎麼想的根本不關我的事，不過看著這具不知最後下場為何的屍體，原本痛恨他耀武揚威霸佔我的桌椅的氣竟消了，開始替他難過。

「現在的你比我更孤獨吧？」我說。

除了兇手跟上一個接到屍體的可憐蟲跟上一個的上一個接到屍體的倒楣鬼外，這個世界上沒有人知道這個人已經變成一具屍體，更不知道變成屍體的他正賴在一個毫不起眼的陰暗小房間裡。

屍體的嘴角滴下乳白殺蟲液，乞討我的憐憫。

「知道自己的處境了吧？」我說。

我在床底下翻出一大疊舊報紙，將每張報紙撕成大塊碎片，放在鐵做的水桶裡，用打火機點燃其中一張，然後看著黑色的焦煙從鐵桶中掙扎爬出。

「對不起啊，沒有冥紙，用報紙將就一下。」

我打開破舊的窗戶，讓焦煙蹣跚從窗戶爬跌出去，我將報紙一張張丟進昏黑跌跌撞撞的火焰中，慢慢將整疊報紙燒完。

眞是悲哀啊，希望下一個接到你的人，有機會爲你燒點眞正的紙錢，但在這種非常時期，只好請你跟我一起相信「心誠則靈」的傳說。

屍體靜靜看著我爲他燃燒的舊報紙化成縷縷焦煙，似乎有些安慰，於是從嘴裡吐出五、六隻小蛆作爲答謝。

我點點頭，說：「你還需要一副棺材。」

屍體既感激又茫然地看著我，但我可沒有木板可以釘成牢固的簡易棺材。

我在床底下搜搜摸摸，摸出一個壓扁的超大紙箱，那是幾年前我在樓下隔壁的隔壁的便利商店門口撿的，那時候阿信還沒在那邊打工，櫃台小弟是個叫老王的傢伙。當然啦，老王也不知道我怎麼叫他，這種事很早就開始了。

我將紙箱重新折起來。

好在紙箱滿大的，將屍體折一折應該裝得下，但不知道屍體會不會太重，要是我搬到一半時他媽的「呼咚」一聲，屍體從箱底摔了出來，那樣就很不妙很不妙，我會被當作屍體接龍的會頭給抓起來。

但我事實上只是這個無聊遊戲的小下線啊！

我猶豫地看了屍體一眼。

他大概只有五十五公斤吧，跟我差不多的身材，也許紙箱還撐得住。

我將屍體的手指從馬克杯的把手上挪開，畢竟杯子終歸是我的，但屍體的手指僵硬地勾著杯柄，無限眷戀似的。

「幫幫忙，別跟我鬧彆扭啊。」

我努力將屍體手指拉出杯柄，拎起屍體的腦袋脖子，勾著屍體的腋下，慢慢將他扶起，拖到紙箱旁。唉，這觸感好怪異。

我一手捧住屍體的兩腳，一手從屍體背後攬起，吃力地將屍體放在紙箱裡，讓屍體全身蜷在一塊，就像在子宮裡等待出世的嬰兒。也許這個姿勢有什麼宗教上的意義吧……用什麼姿勢來，就用什麼姿勢走，眞是前後呼應、首尾相連的人生啊。

將紙箱封住之前，我忍不住朝屍體多看了幾眼。

「其實我們也算有緣分，畢竟死是件大事，而我卻是你唯一的憑弔者。」我嘆了口氣，伸手將屍體的雙眼蒙上，電影都是這麼演的，象徵「死有瞑目」。

「這些也帶著吧。」我將鐵桶裡的報紙灰渣也倒在紙箱裡，然後拿起殺蟲劑不斷地往紙箱裡噴，足足噴到屍體的身上都出現油油的刺鼻藥水為止。

就當作積陰德吧，藥水或許可以為他趕走幾天蚊蟲。

我用棕色膠帶仔細地將紙箱封住，一條又一條的膠帶密實地裹住紙箱，直到膠帶用完為止。幸好屍體不會因為空氣不足窒息，他已死得不能再死。

現在，我必須喘口氣，仔細考慮下一個承接屍體的倒楣鬼。

我認識的人很多，但他們大多住在電視裡，就跟城市裡其他的人一樣。

當然，我是不可能真的把屍體丟給那些住在電視機裡的人，他們都是大忙人。

丟給隔壁的老婆婆？

太殘忍了，老婆婆痴傻得厲害，搞不好她什麼異狀都不會發現，就這麼跟發臭腐爛的紙箱相處到死。這對老婆婆或是屍體來說都不是好事。

丟給樓下收舊報紙的老江？

不不不，我一定是瘋了才會想到他。

老江是個除了舊報紙跟地上銅板以外什麼都不會多看一眼的傢伙，他打開紙箱後一旦發現裡頭裝的一具屍體不是舊報紙的話，他一定會把紙箱重新封好，然後將它丟在十字路口，任由屍體被酒醉駕駛的汽車撞成另一種樣子的屍體。

難道要我將紙箱丟給阿信？

丟給一個連我的習慣都記不起來的小夥子？

這樣懶惰的小夥子是不值得信賴的，像屍體這麼重要的東西交給他，他一定會揉著惺忪雙眼，用慢動作撥電話叫警察過來處理。那樣的話，警察就能從各種蛛絲馬跡，例如紙箱上的指紋、地緣關係、屍體胃裡的即溶咖啡等等，尋線找到我頭上來。

那可不行！我只不過因爲丟了具可憐的屍體，就要被關進鐵籠子裡，那眞是太冤枉了，我甚至還愼重其事燒了報紙送他上路！

承接屍體的下一個人，必須是一個充滿溫情的人。

一個懂得人情世故、甚至願意安葬這具屍體的好人。

是啊，就是需要這樣的人，而我也剛剛好認識一個。早餐店的老闆娘。

老闆娘是可以信任的，因爲鄉土連續劇中教導我們許多做人做事的道理，例如「飛龍在天」跟「台灣霹靂火」都是最好的社會教材；老闆娘天天透過鄉土連續劇研究好人跟壞人的下場，一定懂得如何好好對待一具連即溶咖啡都來不及喝完的可憐屍體。或許還會偷偷埋了他？

於是我拖著紙箱，慢慢地從樓梯上拾階而下。

幸好我住在二樓，一下子就將紙箱拖到樓下。

我鬼鬼祟祟打開紅色的生鏽鐵門，看了看錶，凌晨四點整。

老闆娘曾經不經意跟我提過，她總是在五點開門準備賣早餐，所以時間還挺寬裕的，我有一刻鐘的時間把紙箱拖到街上轉角的轉角。

幸好天色灰暗，路上一個人也沒有。

我朝便利商店裡看了一眼，阿信依舊頹然坐在櫃台後，打著一個接一個的哈欠。我想疲倦是繼「存在感流失病」後城市裡最新流行的病，說不定屍體就是過度疲倦死的。

現在的街上異常冷清，早起晨跑的人，例如馬英九這樣的大角色，幸好只出現在電視機裡；唯一眞正存在於凌晨四點小街上的，只有兩條夾著尾巴的野狗，小白跟小黃。

小白跟小黃雖然不會說人話，但牠們至少記得住我對牠們的稱呼，甚至還會搖尾巴表示理解。平時我在街上遇到小白牠們，要是手裡正好有什麼吃的東西，牠們可就有口福了，我們都算是這個城市裡特殊的隱性存在，一起吃點東西是天經地義。

我向小白跟小黃點頭問好，牠們也象徵性吠了幾聲，接著好奇地跟著我，疑惑地嗅著紙箱。

我害怕紙箱被我拖在地上，脆弱的底部會被我拖到破掉，於是我像滾一顆很大的骰子般，將紙箱慢慢地朝街上轉角的轉角，一面一面「滾」著，小白跟小黃夾著尾巴垂著頭，送葬似唉聲歎氣地跟著。

我想，屍體現在一定頭昏腦脹了吧，雖然死了。

本來我是應該加速滾動紙箱的，早點將屍體滾到早餐店前，對屍體跟我自己都好。但我突然有些捨不得，畢竟我們已經相處快七個小時了，這可是這個城市裡難得的深入相識，不僅僅是萍水相逢的邂逅而已。

「喂，你想不想繼續待在我那？」我問。

屍體繼續在紙箱裡摔著，沒有回答。

讓一具屍體繼續在我那裡待著，無論如何不是個好點子，但，或許我可以晚點再將他傳給下一個人，讓我們多陪伴彼此幾天。

也或許，我可以泡杯熱騰騰的「好東西，要和好朋友分享」即溶咖啡，小心翼翼地倒在他的嘴裡，了卻他最後的遺憾。

「喂，如果你想留在我那幾天，就從紙箱裡跌出來吧。」我將紙箱用力地往前滾動，說：「你自己選擇。」

屍體繼續在不斷翻滾的紙箱中保持渾沌的沉默，我益加用力翻著紙箱，但他仍舊處於我無法明白的情緒裡。

小白跟小黃對著紙箱嗚咽，不知是不是替我惋惜失去一個可以在這個城市裡作伴的好對象。

「沒關係的，他不想出來就不想出來。這個城市有的是自由。」

我對小白跟小黃說。

但離別的傷感還是哽在我心頭。

尤其，當我將紙箱滾到早餐店的鐵捲門前，我突然有種跟老友分離的悲愴。

那是一種飄浮在這個城市上空，灰灰濁濁的顏色。

小白跟小黃坐在紙箱旁，搖著尾巴嗅著紙箱，牠們的眼睛似乎能看穿屍體對分離的態度，好像也有那麼點離愁。

我站在紙箱跟鐵捲門中間，難以形容的情緒在我急促的呼吸聲中塗開。身後的鐵捲門不知什麼時候會突然上捲，我的時間所剩不多。

「讓我再看你一眼吧，說不定……」我扯掉膠帶，撕開紙箱的封口。

屍體依然抱著雙膝蜷在紙箱內，就跟嬰兒一樣，我提過的。

「說不定，我能想起你是誰？」我摸著屍體的臉頰。

陌生又孤單的感覺從屍體沒有彈性的皮膚中，傳入我的指尖。

我的眼淚不禁掉了下來。

我還是無法想起來，這張陌生的臉孔，究竟屬於城市中哪個角落？屬於哪個跟我有所聯繫的小角色？

「老闆娘會好好照顧你的。」我說，將紙箱重新蓋了起來。

天空已降下藍幕，初晨的微光馬上就要滴落。

是時候道別了。

我也該回到街上轉角再轉角的陰暗小房間，繼續尋找這幾天遺落的自我。

「再見。」我說。

「再見。」紙箱裡傳來微弱的回音。

我笑了笑。

傾斜著眉毛、歪著嘴，像港星陳冠希那樣地笑。雖然沒有人看到。

# 點亮世界

眞是夠了。

他受不了妻子一天到晚提醒他，對面的愛琳經常在門口來回遛著最新、不須電池也不須太陽能便可運作的磁力發條狗，一邊搔首弄姿，展現她透過最新最流行的基因技術所改造的淡綠色螢光髮絲。

據廣告說，那是擷取深海燈籠魚誘捕獵物的前額發光體裡的基因混合進髮絲幹細胞，有效期限大約十八個月，之後才會慢慢褪化。

「當然了，這十八個月間要是想換別的發光髮色也可以，例如水母基因就提供十六種半透明的顏色，而且比燈籠魚還要便宜一半呢！」妻子的聲音越來越興奮。

「漂亮？如果妳眞想做的話，何不再去做螢光塗料的刺青？那也很漂亮啊。」他將袖子捲起，露出手臂上「永誌不渝的愛」六個發出淡淡青光的字。

那是去年結婚紀念日，妻子與心不甘情不願的他一起去西城做的螢光刺青。

在這個流行以光速變幻的世界，刺青的樣式當然過時了，螢光塗料也遠比不上超酷的基因美容手術。還不到一年，他手臂上的青光就已進入半衰期，黯淡起來。

妻子常抱怨，這都是他貪小便宜硬要選用最廉價的顏色所致。

回到基因美容手術，那可眞是時尙界結合科技業的結晶。基因美容師能夠將人體四肢、軀幹，甚或器官注入昂貴的動植物發光基因，只要血液裡的氧氣供應充足，便宜一些的貨色接近光源便會產生光反應，高檔的極品甚至能自主發光，視基因原先在大自然的主人而定。

現在，什麼最新的服飾、配件，已經引不起大家的注意。一到了晚上，街上到處都是各式各樣匪夷所思的發光體。

他一上街就頭暈，感到極爲荒謬。

「不只是愛琳，上次大學同學會，亞克跟雪子的眼睛都注射了牡丹花的發光基因，只要一點點光，他們的眼睛就會發出淡淡的粉紅色光，大家都羡慕死了，後來散會時還有人約去做更炫的基因手術。」妻子嘆了口氣。

但妻子其實明白，自己要說服這個觀念古板的丈夫很不容易。

既然可以成爲流行，基因工程就不是難以接近的貴。但丈夫吝嗇成性，死守能用就好的觀念，什麼東西都要用到不能用爲止……

說不定連夫妻關係也是。

「其實基因手術一點也不貴，還有分期付款，你看，每個顏色都有編號，光是最流行的紫色就有高達八十二種編號，絕不撞色，還有其他永久性變色的方案……」妻子從包包裡拿出一疊生技妝品公司製作的DM，不厭其煩介紹。

他無言，卻無力逃離這個話題時，兒子回家了。

「爸，媽，我回來了。」兒子含糊地說。

早就過保固的機械管家一聲不吭地將書包與校服取下，兒子轉身就要上樓。

「等等，都幾點了？學校說你下午就溜走，去了哪？」

他正想找個出氣包開罵，罵到轉移話題爲止。

「是怎樣？上滿半天課就算好學生了，不必這麼古板吧？」兒子不耐煩應道。

他發現兒子的嘴巴裡有些古怪，透著什麼光似的。

「喂！」他瞪著兒子，指著嘴巴。

兒子沒好氣地張開嘴，是一條散發藍色光芒的舌頭。

「那是什麼！」他咆哮。

「海螢七號色。」妻子瞪大眼睛，自然而然開口。

「嘖，還是媽上道。」兒子愣了一下，隨即像找到盟友般笑了出來。

「海什麼螢！你哪來的錢！」他實在是太氣了：「這種打扮像什麼樣？身體髮膚受之父母不敢毀傷，學校沒教嗎！」

「分期付款又不貴，是爸你自己太吝嗇。」兒子快步跑回房間。

他氣得連拳頭都在發抖，卻見妻子坐在快要沒有彈性的老沙發上，津津有味地翻著型錄，看來兒子的叛逆作風又加深了妻子盲目追求流行的自我毒化。

他沮喪，頭也不回地走出門。

□

「真是沒尊嚴了，搞那些什麼古裡古怪的玩意兒？」

他坐在露天咖啡廳，手中可無限續杯的廉價咖啡已連續添了七次。

他曾仔細計算過，這種咖啡要價三百五十元，但成本僅僅五十元，所以至少得連續喝它個七杯才能勉強打平。雖說咖啡喝太多晚上會睡不著，但對他來說，明知吃虧還不行動才會令他耿耿於懷到天亮。

他注意到坐在左前方一對怪模怪樣的情侶，過剩的咖啡因在胃中不斷攪動，讓他好想嘔吐。

男的穿著半裸，露出半透明、發出微綠光澤的皮膚，微血管跟肌肉組織若隱若現，隨著呼吸隆起又消落，說不出的詭異。

男子咧開嘴笑，牙齒發出忽明忽滅的紅光。

女的似乎很欣賞那男子的扮相，紫光色的手指充滿挑逗意味地刮著男子的手臂，輕輕撥髮，原本暗紫色的髮絲頓時大亮，與瞳孔共同閃爍著亮紫色，後腰的脊椎也透著淡淡紫光，算是全身一體的紫色造型。

「弄成這樣子，人不人妖不妖，居然叫作流行？」他嗤之以鼻。

「是啊，又不是螢火蟲。」

一個美麗的女子將餐盤放在他桌上，自行坐下。

他戒備地看著女子，但女子並沒有反嘲的意思。

而且女子沒什麼地方正在發光。

「我想不透，爲什麼有人會將鼻子弄成黃色的燈泡，還沾沾自喜？」女子指著一個正等著過馬路的中年男子。

男子鼻頭一閃一閃，好像壞掉的燈泡，一看就知道是個打折又打折的特價品。

他讚賞地看著女子。這女人品味不錯嘛，他心想。

「先生，加入我們反基因改造人組織吧。」女子將聲音壓低，自信地看著他。

他一震。

「ＡＧＯ？」他訝異。

據說這個激進的人道組織已開始用暴力的方式，破壞基因彩妝公司的生產工廠，好幾名成員都遭到政府逮捕，而國際基因美容聯合商會也嚴厲指控ＡＧＯ是危險的恐怖主義組織，訴求警察機構強力鎮壓。

ＡＧＯ組織面臨被迫解散的危機，但又有各種傳言指出，國際基因美容聯合商會正試圖收買組織的重要幹部，打算用錢解決這件棘手的麻煩事。

「沒錯，我們組織需要像你這樣，同樣反對不當改造人體、褻瀆上帝旨意的人。」女子眼神迷離，將手輕輕搭在他的手背上。

那溫柔的觸感讓他不自禁吞了口口水。

「要繳入會費嗎？」他小心翼翼地問。

除了公立學校，任何一個需要繳費的組織，他一概視爲詐騙集團。

「不用，我們需要的是你的力量。」女子緊抓著他的手。

他心跳加速。

□

那晚，他跟美麗的女子在郊外的旅館發生了關係。

女子顯然是個完全崇尚自然的密教徒，什麼防護措施都沒有，他自然也不會不知趣提起。在不斷挺進了兩百多下後，他緊緊摟住女子，一點都不保留地射了進去。

女子也沒說什麼，他感到前所未有的「賺到」。

「其實，我正是組織的領袖。」女子穿起衣服，微笑。

「剛剛是唯一的入會手續嗎？」他笑笑，還躺在床上。

他看上一期的八卦雜誌說，現在召妓的普遍行情大約在十萬上下，但這女子如此美麗動人，少說也得要二十萬，加上內射的服務要加碼三成，算一算，剛剛那一場翻雲覆雨，他至少賺到二十六萬元，這還不包括女子付的旅館錢呢！

他笑得很開心。

「沒錯。」女子居然嘆氣：「我們是亡命之徒，隨時都會為上帝犧牲生命。」

亡命之徒？

他傻住，她在胡說八道些什麼啊？

「我能替上帝給你們的東西很少，能給什麼就給，就是希望你們快樂。」女子淡淡地笑：「歡迎你入會，希望你不是最後一個會員。」

他的下顎差點脫出時，一陣敲門聲讓他差點跳下床。

女子打開門，是兩個孔武有力的男子。

不是仙人跳吧？他趕緊將褲子穿起，神色慌亂。

兩個男子手裡拿著他在老電影裡看過的陳舊兵器，他記得，那是一種叫作「槍」的危險玩意兒。

他在免費試用一星期的探索頻道上，剛好看過介紹槍枝原理的節目。

雖然槍細分下去有很多種形式，但大概都是以裝塡在一小塊名為子彈的弧形金屬後端的火藥，經過另一片金屬敲撞擊發後，火藥產生的衝力便將前端的子彈以高速推出，高速噴飛的子彈擊中物體的瞬間，便足以產生巨大的破壞力。

就某些層面來說，「子彈」比起現在廣泛使用的「雷射」或許還更有效率。但這種舊式兵器在半個世紀前已全面回收銷毀，維安的工作全部交由機器警察負責，畢竟這世界只剩下九個國家可以住人，也只剩下一種戰爭——不需要武器的戰爭。

——就是資本主義與資本主義自己的擂台。

「首領，一切都已經準備妥當。大家都在等。」

一個男子說，瞥眼看了看急著穿好衣服的他。

冷汗浸溼了他的背脊。

□

一小時後，他不知所以然地拿著「槍」，跟著大家來到一間城裡最大的生技工廠外。

所有人都視死如歸的模樣，讓他覺得很不安，尤其有個胖子的身上掛滿一大堆看起來很沉重、又危險的東西，更讓他狂起雞皮疙瘩。

那東西，他也在免費的探索頻道中看過——手榴彈？

「我們要做什麼？」他問，槍在顫抖。

「根據臥底的同伴說，這間工廠在上禮拜開發出最新的基因技術，不須動手術，只要將基因液注射進想要的部位，就可以隨心所欲靠體溫控制該部位的顏色。這項發明一旦大量生產上市，人類社會的惡就難以逆轉了。」女子說著說著，竟流下眼淚。

大家都憂心忡忡地直搖頭時，他只覺得很蠢。

所謂最新、最炫的東西，就是指「這東西貴得要命」。

會買那種又貴又不實際的東西的人眞是蠢到一個呆。

「首領，讓我們跟在妳美麗的身影後，誓死守護上帝創造的美好身體吧。」胖子咬開手榴彈的拉環，將那危險的東西放在女子手中。

他還沒回過神，女子手中的榴彈就扔了出去。

轟！

一聲巨響，數百個組織成員像瘋子般衝進工廠。

「天啊！」他尖叫，立刻被後面的夥伴推到前面。

數不清的槍聲催化著他，令他不自覺拿起槍朝機器守衛開火。

「喔喔喔喔喔喔喔喔喔喔喔！」當機器人冷硬的陽離子腦爆出火花時，他感到難以形容的原始暢快。

越靠近工廠核心、機器守衛就越多，型號也越新越難纏，許多成員在機器守衛的鐵拳下被活活打死，只能靠火力盡量與機器守衛拉開距離。

槍聲始終沒停過，卻逐漸零零落落，幸好仗著「機器人禁止裝置任何武器」的國際法條例，呼嘯而去的子彈不斷將機器守衛撂倒，但也無法繼續向前推進。

剩餘的成員躲在牆後喘息，子彈所剩不多了。

「首領！」胖子滿身是汗大叫，雙手緊握身上垂掛的一條細線。

他仔細一看，那細線連接十幾顆手榴彈的拉環，他緊張得快要尿出來了。

女子含情脈脈地看著胖子，微微點頭。

「謝謝首領，我這輩子從沒想過可以搞到像妳這麼漂亮的女人。」胖子熱淚盈眶，豎起大拇指。

所有成員都點頭同意，紛紛豎起大拇指。

女子欣然一笑，拉開胖子的褲子拉鍊，當眾幫胖子口交起來。

他簡直目瞪口呆。

女子臉抬起，喉頭一陣溫柔的鼓動。

「加油。」她纖細的雙手幫胖子把拉鍊拉起來，胖子滿臉的無限感動。

胖子霍然起身，義無反顧衝向強悍的機器守衛群裡，拉開保險。

「請首領欣賞我最後的紅色煙火！」胖子大叫。

轟然巨響，手榴彈的破片撕開胖子的肥肉，與瞬間噴漲的烈焰匯成燦爛的人體煙火。一陣天旋地轉的亂七八糟，機器人守衛給炸得東倒西歪。

「上啊！」

不知是誰喊的，僅剩的成員一齊衝出開火，將機械守衛撂倒。

接下來關鍵的一分鐘半，組織總算按計畫爆破所有的化學倉爐跟管線，大火吞沒了九成廠房，到處瀰漫著刺鼻的藥水味。

這間工廠要重新開張接單，恐怕要好幾年後了。

「可以走了吧？我好像聽見警笛聲？」他汗流浹背，廠房裡的溫度不斷上升。

「斬草除根，還要毀掉唯一的發光基因液跟配方圖，你跟上，其餘人掩護。」女子換上最後的彈夾，他只好與她一起衝向主管室。

好不容易將門爆破，女子在主電腦裡灌入病毒程式，永久刪除了電子配方圖，他則依言刪去工廠內的監視器紀錄。

女子蹲下，用背包裡的聚焦雷射光鍛開保險箱，拿出僅此一瓶的發光基因液。

「入侵者……入侵者……」此時最後一個機器守衛拖著幾乎毀壞的身軀，將最後負責掩護女子的成員重拳打死。

快報廢的機械守衛蹣跚爬進房裡，抬頭看著她與他，舉起機械手臂，上頭裝嵌的拳頭卻只剩下外露的電線與花火。

「人類模仿上帝以自身形態造人，創造了你們這群沒血沒肉的怪物，也是對上帝的褻瀆，倒下吧。」女子轉身，一槍將機械守衛的腦子打爆。

然而——

女子卻沒有再回過身了。

她覺得自己的嘴裡鹹鹹的，含著很像金屬的硬物。

然後慢慢軟倒，眼珠子怔怔瞪視著他——組織最後一個新成員。

「實在是對不起，我也不想這樣啊，可是這東西僅此一罐，一定……一定不便宜啊……眞是賺到了。」他喃喃自語。

他拿著可以任意變幻光彩的基因液，一臉吝嗇、又突然暴富的高興樣。

貪心的人常常一個衝動毀掉世界，吝嗇的人總是伺機偷偷將世界撿走。

一分鐘後，他從女子事先規劃的祕密管線逃走，神不知鬼不覺。

半小時後，他出現在旅館裡，吹著口哨，洗著澡，對著鏡子前那罐基因液傻笑了好久。

此時，他才眞正認識了別人口中的自己。

原來，自己眞的不是死命守舊，而是瘋狂地吝嗇而已。

但這些已不是重點，重點在肚臍下面。

「肯回家了？你知不知道現在幾點了？」

妻子睏倦地說，看著站在房門口的他。

他一句話也沒說，赤裸身子，雙手扠腰，得意洋洋地笑著。

幻想著幾個小時前在美麗女子體內的歡愉衝刺，他的陽具慢慢豎了起來。

紅，橙，黃，綠，藍，靛……

漸漸地，隨著陽具高舉到頂點，最流行的紫金色光芒將妻子的眼睛照得睜不開眼。這可是最高級的超限定幻彩。

妻子很高興，開心得眼淚都快飆出來。

明天起，她一心想要的紫色脊椎有指望了。

# 浮游

## 一、

我們坐在台灣戲院前的階梯上等將軍，已經等了半小時。

原本彰化所有的電影院都已荒廢閒置，但近幾個月來有了明顯的改變。配合著拿都拿不完的折價券，一場首輪電影只要一百二十塊錢，比起鄰近台中的華納威秀足足省了一半有餘。

就這樣，彰化兩間電影院又活了過來。

看了看錶，四點零七分。

距離電影開場只剩下十三分鐘，我開始後悔之前沒有注意到將軍有沒有手錶就約下時間，就連仙女也是我剛剛在橋下碰巧遇到帶來的。

陳祿不知比我先到多久，看到我時只是象徵性點點頭。

我杵著沉重的下巴，看了看旁邊正在清理指甲縫裡黑色污垢的陳祿。他對遲遲未到的將軍滿不在乎，眼睛的焦距只集中在鼻前短短十公分，指甲裡有摳不完的髒屑似地。

而坐在陳祿下兩層階梯的仙女，早靠在斑駁泛黃的牆上，縮著捆在醬紅色棉襖裡的瘦小身子，像是睡著了。

女遊民是很稀奇的。

就像韶恩學姊說的，在求生這件事上，女人比男人擁有更多的社會資本，只要還願意化妝打扮，不論年紀多大，她們都可以靠出賣身體換來一瓶酒、幾百塊、一個睡覺的地方。總之還不至於流落到街頭。

至於像仙女這樣的女遊民，常常得裝瘋扮醜來保護自己不遭到侵犯，連在公園的長椅上睡覺都不能安穩躺下去，只能坐著打盹，腦袋一點一點地晃著，隨時從危險中及時醒覺。

就連現在，仙女的眼睛也是半睜半闔。

看她睡覺只會讓我覺得很疲累。

平常仙女是很多話的，她聊起以前住在新竹的好日子時，總能夠以非常錯亂的方式叨叨絮兩個多小時。

「汝甘知影？汝甘知影底這件代誌頂頭，阮係受盡多少委屈甲拖磨？」仙女在敘述故事的時候總是習慣用這一句話當作開場白，好像所有人生階段的起頭都是一個錯誤，就像圓規一開始就刺錯了圓心座標，之後不管直徑半徑怎麼度量都絕不可能正確。

起先，我都能壓抑自己的耐心靜靜傾聽，但仙女的眼睛總是看著我身旁的一團空氣，前面講過的總是切成片片段段、隨時以各種排列組合穿插在後面重提……

她如何無奈地嫁給那外省又早死的丈夫，她如何如何一邊生下五女二男又一邊學聱牙的國語，她如何如何如何辛辛苦苦打零工維持家計……然後又回到她如何如何如何如何嫁給她那外省又短命的丈夫。

像故意惡作劇似地，仙女總是不停地重複、打散、又重複，像一卷壞掉的錄音帶放進壞掉的錄音機似的。

一開始我還會試圖提醒仙女：「仙女，這個妳剛剛十分鐘前說過了。」或是「仙女，這個我昨天問妳的時候妳也說過了。」但仙女總是會用迷惑又略帶不耐煩的眼神看著我（她只有在這個時候才會正視我的存在），繼續那該死的重複。

我難免會失控。

我乾脆拿出我的筆記本指著某段文字與交錯複雜的情境符號，霹哩啪啦重複她正在重複的我聽膩的人生回憶，鉅細靡遺。此時仙女會咧開她的嘴，露出黃色的板牙呵呵地笑，頗滿意我的好記憶。

然後又開始重複。

所以，我跟仙女之間的訪談記錄只有十頁而已，但她卻不厭其煩耗盡了我差不多五百頁的時間。

我無法理解。

一個人的人生不過就是一個答案，並不是一組可供拆解的排列組合，仙女這樣不厭其煩地將拴住所有事情的螺絲旋開、然後拼拼貼貼又貼貼拼拼的到底有什麼意義？錯誤的人生並不會因爲語言上的重新組合而正確起來。

後來陳祿跟我說了後才明白，仙女是怕我忘記她說的話。她害怕別人跟她一樣，摸熟了一堆瑣瑣碎碎的回憶破片，卻忘記了最重要的三件事：自己的名字、家裡的住址、出走……或被遺棄的原因。

這三塊最關鍵的拼圖遺落了，仙女的人生拼圖總是殘缺而扭曲。

我看著不知是真睡還是假睡的仙女。

仙女雖然閉著眼睛，嘴角兀自喃喃囈語。

我想起仙女這毛病會傳染。

前幾天我跟我的指導教授會面，討論我的田野調查記錄時，她至少打斷我的話五、六次，說：「等等，景哲，這你剛剛說過了。」

一開始我總會一臉恍然大悟，但後來我卻會喪失部分的談話記憶，睜大眼睛說：「啊？真的嗎？」

我想這應該只是個過渡現象，研究者與被研究者之間永遠存在的互噬遊戲。被影響不可能只是研究本身，研究者到最後經常難以自拔，自溺在田野世界裡。韶恩學姊卻是個逆向行駛的意外。

## 二、

「做了這個研究以後，妳會不會變得比較多愁善感？」

燈光明亮的麥當勞裡，我跟韶恩學姊聊著彼此的碩士論文。

說是聊，其實是向她請益。

韶恩學姊不但跟我同一個指導教授，選的題目也很類似，她已經觀察台中火車站附近地下道跟市立公園的遊民一年多了，目的是要描繪出遊民日常生活的節奏、路線圖、座落在這城市的姿態。

爲此，學姊孤單一個女孩子，常常半夜蹲在昏暗的地下道裡整理白天的訪談記錄，抄抄寫寫的，順便等待一旁的遊民睡醒後提供的另一個故事。

韶恩學姊是我的崇拜對象。

「正好相反，做遊民研究之前，我反而會在腦袋中想像出一幅飢寒交迫的街頭景色，有時候甚至還會哭呢。但幾個月後，我就發現想像的圖像畢竟只是想像的圖像，浪漫的同情而已。經歷過與他們相處跟談話，我只覺得一切都再正常不過。」韶恩坦白。

「所謂的研究，不就是要打破流浪街頭被政治合理化的迷思嗎？」

我搔搔頭。

打破什麼，已經是社會學研究裡的必需品。

「正常的意思是說，如果我的處境跟他們一樣，我也會做出一模一樣的事讓自己生存下去，像是到派出所謊報沒有錢回家，然後依法討到火車票後隨即轉賣；跟便利商店工讀生要過期便當；跟路人討發票之類的，這些動作都相當理性。而且，由於我很清楚今天我並不會眞的變成他們，所以我的情感始終是很有距離的。研究越是做下去，距離也就越清楚。」韶恩學姊嚴肅地說。

我聽得一愣一愣的，這跟我從指導老師口中聽到的韶恩學姊的研究報告……簡直是兩個東西。

「你的研究呢？開始了嗎？」韶恩學姊問道。

「還沒呢，我根本連題目會長什麼樣子都不知道，先訪談看看吧，看看可以蒐集到什麼資料再說。或許作一點遊民的生命史研究？」

我隨便說說，對這個問題我根本沒花過心思，能順利畢業就好。

「賓果！這樣想就對了。像我當初原本要做反核四的社運團體的動員研究，沒想到越做訪談，焦點就越漂越遠，最後的題目竟然跟原先設想的南轅北轍，一開始我還擔心老師會不高興說。」

韶恩學姊拿起薯條，沾著奶昔吃。

「這我聽老師說過了。」我笑笑：「今天約妳出來，是想問問妳如何開始研究的第一步？妳覺得我偷偷用錄音筆有違反學術倫理嗎？用ＤＶ拍的話，妳覺得他們會接受嗎？妳打進他們之間花了多久的時間？」

韶恩學姊誇張地笑說：「你應該自己試試，什麼方法都可以試，你該知道碰壁也是很好的田野經驗，等你吃的苦頭夠多，第一個同情你的訪談者就會出現了。」

我的臉紅了。

「那妳被拒絕過幾次才找到受訪者？」我問。

「零次。」韶恩學姊面色得意。

我瞪大眼睛。那妳剛剛給我的建議簡直是無中生有啊！

「很多人都以爲女生做遊民的田野很危險、很困難，其實恰恰相反。女生擁有的社會資本比男生優勢太多了，你想想，要是你是一個遊民，你比較會拒絕男生還是女生的訪談？」

韶恩學姊的眉毛揚起。

「原來如此！」我恍然大悟。

也許我眞沒有做研究的天分。

「對了，你本來不是跟高老師做金融的嗎？怎麼突然對田野有興趣？」韶恩學姊問道。

因爲崇拜妳啊！

「多瓦悠蘭〔註〕。」我認眞引述某個人類學有趣的田野經典。

三、

電影是好萊塢的「哈利波特二之消失的密室」。將軍選的。

本來我是想選個港片，「無間道」還是「見鬼」什麼的，畢竟在劇情跟語言的空間上比較貼近這些人……雖然也沒貼近多少。我可不想害他們在電影院裡覺得無聊透頂。

但將軍聽了我的邀約後，指著電影看板，用責怪的口吻大聲說道：「看電影？看電影當然要看外國片！」彷彿是我看不起他一樣。

就這麼定了。

這件事我跟韶恩學姊提過，但韶恩學姊以一種看到不可思議深海怪魚的表情說：「景哲，你覺得他們眞的會跟你去看電影嗎？先別說他們，你爸爸媽媽有幾年沒上過電影院了？」

註：人類學的遊記書《天眞的人類學家》中，作者踏訪的非洲國度。

當時我啞口無言。

然而我還是想這麼做。

不管他們有沒有赴約，我都不會因此少一塊還是多一塊肉，我只是想用溫馨的方式跟他們親近一點。

也許還有一點獵奇的心態吧。

然而選電影的將軍，卻遲遲還沒出現。

我抬起頭，天空陰霾低沉，吹的卻是令人煩躁的熱風。

「要下雨了。」陳祿頭也不抬。

「還有十二分鐘，等一下將軍要是沒來，你跟仙女就先進去吧，我在門口等他就可以了。」我說，看著身旁的陳祿。

陳祿沒有停止重要的清理指甲活動，瞇著眼，理所當然的口氣：「不用啊，我們就等將軍來再一起進去，反正又不怎麼清場，沒看到的還會再播一次。約好的嘛。」

我點點頭。早就知道他會這麼說。

陳祿的形象跟刻板印象中衣衫襤褸的遊民有很大的差距，這跟他高職畢業的高學歷有關。

誠徵
水電工
一名

因此陳祿的訪談記錄也最清楚明白，說什麼就是什麼，甚至還會反過來糾正我失去平衡的記憶；或索性拿過我的筆記本，看看還有什麼需要補充的；或是監視我有沒有「錯誤陳述」了他。

當然了，陳祿始終堅持自己與所謂「眞正的遊民」之間存在著巨大鴻溝。他在我的筆記本上羅列了遊民的十大定義，根據這十大定義，他當然是完全置身事外的。

陳祿挺倒楣，四十幾歲的單身漢一旦被公司裁員，要找到一份新工作眞是困難重重，我們念社會學的稱這種倒楣的現象爲「社會結構性的失業」。

既然有「結構」兩個字，那就是避無可避的高命中率了，要補救也是千難萬難。有三十幾萬個外籍勞工同樣身處這個大結構因素裡，隨時塡補結構鬆脫的縫隙。

但陳祿自己倒看得很開，或許這跟他還有微薄的存款有關吧。

他甚至沒把失業怪在老闆還是外勞身上，就這樣「有規劃地遊蕩」在這座城市裡。

一年又三個月。

想起來，要不是當初陳祿主動幫我打開無人願意接受訪談的僵局，我的碩士論文眞不曉得該怎麼開始。

## 四、

那時我刻意不刮鬍子兩星期，穿上汗酸味中人欲嘔的格子襯衫，僞裝成叛逆的蹺家青年，一連在深夜的彰化火車站塑膠椅上睡了五天。

我承認剛開始一兩天心裡是相當輕鬆，很有些流浪在浮浮俗世的浪漫。只是五天過去，除了偶爾例行公事來趕人的警察，沒有一個遊民主動跟我說話。

我甚至也沒有看見誰在跟誰說話。

所有應該很有趣的、透露著多層關係與意義的游離階級互動，全都緘默凝滯。

我想主動出擊，每個人立刻躲得老遠。

更慘的是，我的背跟頭皮也越來越癢，身上的怪味道透過我的嗅覺侵入我身體裡某個控制意志力的裝置，流浪天涯的憂鬱解放感蕩然無存，我只覺得疲累又空虛。

正當我懊喪到開始思索是否應該換個論文題目時，一個穿著淺藍色襯衫、黑色打褶褲的中年男子，拿了一份剛剛過期的舊雜誌走向我。

禮貌性笑了笑，在我身邊坐了下來。

我警戒地打量著他。

「少年仔，你還是學生吧？」

中年男子頭上的髮油味很濃，臉上的表情還算親切。

「嗯。」我點頭。

「你是來作研究的吧？好心告訴你，你就算繼續在這邊睡一個月也不會有人來理你的。」中年男子似笑非笑的表情我永遠記得。

「啊？」

我坐立難安，不曉得該不該爽快承認。

他當然就是陳祿，一個早已在角落逆向觀察我很久的邊緣遊民。

這篇論文要由陳祿來寫早完成了，我只需要負責理論填充的部分。陳祿在這個城市遊蕩已久，又跟好幾個遊民有點往來，這是很難得的。

「少年仔，他們都是獨來獨往慣了，就算你扮得再像啊他們也懶得理你，你說，他們理你可以得到什麼好處？而且你根本就不像啊。」

陳祿笑笑。

他喜歡用「他們」稱呼他即將成爲的那一群人。

「哪裡不像啊？」我把握機會、趕緊用問題纏住這個陌生男子。

任何相關的訪談，只要是訪談，都能寫進我的田野經驗裡。尤其我根本沒有任何訪談。

接下來在兩個多小時的談話裡，我認識到自己的膚淺與愚蠢，以及過多的不必要。

陳祿說，我種種刻意的落魄打扮與行爲根本不符合我的年齡……像我這種年紀的傑出蹺家青年，如果不去網咖附近逗留，也應該在彈子房前蹓躂才是，就算無所事事在街上倒立走路也好，總之就是不應該整天暮氣沉沉在火車站前僞裝發呆。

最明顯的錯誤在於，我的眼神有種不該的神采。

一種「在找什麼東西」的神采。

而「他們」其實並不打算找什麼東西。

「什麼也不打算找嗎?」我詫異問道。

「找什麼?」陳祿反問。

「……找鋁罐還是寶特瓶啊?」我搔搔頭，頭實在癢得一場糊塗。

「少年啊!會找鋁罐跟寶特瓶的人哪叫遊民?那叫作拾荒……」陳祿笑得很斯文，然後肚子就咕嚕咕嚕叫了來。

我爽快放棄臥底在遊民裡的浪漫計畫，請陳祿到麥當勞吃了一頓。

從此我升格爲總指揮官，並有了一個很合作的線民。

透過他，我認識了將軍跟仙女。

## 五、

「將軍」其實不是眞的將軍。

我一開始聽陳祿這樣介紹他的時候，我還以爲將軍是個外省籍的老遊民，以前官階是將軍或者官階很大之類的。念社會學的毛病。

「不是，將軍只是他的故事。」陳祿拍著我的肩膀。

遊民很像是一種灰色的擬態，他們在城市裡到處蔓延爬梭，卻刻意採取讓人忽視的生存哲學，無聲無息黏著在我們周遭。

但將軍卻是個強有力的驚嘆號。

將軍大都在文化中心一帶活動，他經常穿著破舊的、兩肩上至少縫了十五顆梅花的軍服在八卦山附近巡邏，威風凜凜不可一世。

有時候累了，將軍會站在廣場上孔子銅像前嘆氣，像見識過大風大浪的孤臣孽子，時而閉目皺眉不語，時而仰天大聲咒罵。

黃昏的時候，許多國中生揹著書包走下八卦山，將軍總是站在山下牌樓旁，神氣地攔下幾個吊兒啷噹的男孩子，開始演講他如何在蘆溝橋事變中扮演關鍵的角色、又如何在八年抗戰中跟謝晉元團長死守四行倉庫。

「你們這些小兔崽子仔細聽著，當年你爺爺在謝晉元團長一聲令下，扛起大機關砲掩護十多位國軍弟兄在槍林彈雨中架起大國旗，正所謂旗正飄飄，馬正蕭蕭，槍在肩，刀在腰！日本鬼子砲聲不斷，可就是阻擋不了飄揚在青天中的烈烈國旗！一陣砲響，我最要好的弟兄全躺在國旗腳下，頭飛得到處都是，滿地的愛國熱血啊！」

說到激動處，將軍就會拉開他的軍服，露出肚子上長長的深紅色疤痕，詳加解釋子彈如何從這裡射穿到那裡，然後謝晉元團長如何親自拿高粱酒跟小刀幫他料理傷口。

但最精彩的莫過於重慶大撤退一役。

當時軍情危急，將軍拿著鬼頭大刀親自護送蔣介石上車離去時，好幾個共軍敢死隊氣喘吁吁追了上來，將軍大喝一聲，胸前舞出一團殺氣騰騰的刀光往賊子衝去，一陣殺殺殺後，賊腦袋淅哩嘩啦滾了一地。

幾個國中生像是在看志村大爆笑一樣，總是誇張地笑到前仰後翻，那群小鬼將軍將軍地叫個不停，呼嚷著要將軍瞎掰下一個千驚萬險的「親身經歷」。

看起來，將軍理當是個很棒的「說故事人」吧？

但當我正經八百拿著筆記本和錄音筆站在將軍面前，他卻狠狠瞪了我一眼，一百種三字經的用法一下子潑了過來。

我難堪得不知如何是好，但我還是依照陳祿事前的吩咐，腰桿挺直地挨罵。

據說許多社工跟記者都被將軍罵走了，將軍認為那些人都把他當作精神病。

後來將軍罵累了，機靈的陳祿得意洋洋走了過來，對我說了句：「少年仔，別理他，我來給你訪談！」

我點點頭，於是將軍把我叫住。

「幹什麼？我還沒說完咧！」將軍怒氣勃發。

從此以後，我的田野筆記本充滿了多姿多采的夢幻敘事。

五十多歲的將軍可以鉅細靡遺講述各種七十多歲才可能有的軍旅回憶，並且在同一時間化身為兩人，一人在西南異域與緬共浴血鏖戰，另一人則在中南海擔任九死一生的間諜。

最後，將軍總會感嘆現在的政府，責難他們絲毫不關心像他這種曾經死力為國的狠角色。

在將軍手腳並用相當用力講故事的時候，我負責幫將軍點菸，這是他要求的、被尊敬的對待。

但我不解的是，將軍從來沒有真的抽下去，他只是把長壽菸夾在手指縫裡，偶爾抖一抖，將菸灰抖落。

彷彿香菸只是說故事人必要的、某種滄桑漂泊的搭襯。

「所以我跟你說，人一定要爲自己生活，不能總是國家要你做什麼你就做什麼，要是政府倒下去了，下一個政府就把你忘記光光了……你做過什麼事情，通通會放在以前那個政府的總統辦公室抽屜裡，一份叫『忠肝義膽機密檔案』的，聽起來是很有制度！但只要政府不見了！總統死翹翹了！你的故事就通通沉到大海啦！沒人記得啦！」將軍語重心長地看著遠方，深怕我會成爲下一個被國家遺忘的忠肝義膽熱血青年。

坦白說，我明明知道將軍所說的故事多半都是飛到外太空去的鬼扯淡，但我也不曉得爲什麼總會被他天花亂墜的故事所吸引。

有次將軍講到日本侵華的慘狀，斗大槁黃的眼睛還會伴隨故事情節、應景地泛著清澈的淚光，當時我心情大受激動，差點就掉到他想像的荒謬故事陷阱。

將軍每次說的故事都很精彩，但每次都不太一樣，這種行爲在一般人的眼中簡直是自我欺騙，但在一個社會學研究生的田野記錄裡，這些天花亂墜的記憶捏造卻是很有意思的素材……爲什麼將軍要替自己想像出這些抗日反共辛酸史？而不是想像別的故事？

或者更加追根究柢來說，爲什麼一個人要說許許多多的故事來說服自己之前的人生其實是另一個樣子呢？尤其是天差地遠的故事？

或者，將軍其實不是藉由編織故事來說服自己，他始終都在嘗試的，只是粗糙地欺騙別人？但我實在很難想像有誰會被騙倒。

還有，最重要的是，將軍是一個遊民。

一個遊民爲什麼要藉由虛假的故事來建構自我呢？

是爲了彌補現實中的虛弱與空洞？

我想起了張大春寫的《將軍碑》。但貼近身邊的將軍跟凝視小說裡的將軍，我只能說，我身邊的這個將軍活得虛構得一塌糊塗。我甚至懷疑將軍倒底有沒有企圖要說服任何人，只是想痛快演說一場。

仙女跟將軍是天平的兩個極端。

仙女說來說去都是那個細細瑣瑣的陳舊版本，在那個陳舊版本中最缺乏的是自我，將軍則是任性將意識放逐在天馬行空的歷史大敘事中，他的自我多得用不完，換了一個又一個，在國仇家恨悠悠的長河中擁有無限個分身。

# 六、

天色越來越沉了，雨要下不下的，悶得教人透不過氣。

我看了看手錶，還有五分鐘電影就要開演了。

仙女的頭輕輕晃著。

我想等一下進場，仙女多半也是縮在椅子上睡她的覺，不過電影院的椅子比較舒服，又有冷氣，平日淺眠的仙女應該會睡得比較香甜才是。

陳祿終於停止摳指甲，打了一個哈欠。

「最近有繼續找工作嗎？」我隨口問問。

「有啊。」陳祿瞇著眼。

其實沒有。

「我前天聽將軍說三角公園附近，有人在找發傳單的臨時工……」

「將軍說的話聽一聽就算了。」

陳祿莞爾，臉上充滿了懶得說話的疲倦。

疲倦，或是讓人覺得疲倦，是飄浮在城市裡的遊蕩客共同的特徵。

陳祿正緩緩將自己蛹化在幾條固定的生活路線裡，他的活力也隨著存款簿上的數字，一點一滴流失著。

過不久，他就得重新擬定一份「遊民的十大定義」。

陳祿又打了個深……深……的哈欠。

「陳祿，你覺得將軍爲什麼老是要扯謊？」我突然有感而發。

「每個人……或多或少都會說點謊吧？你看陳水扁才跟連戰握手，一轉身立法院就宣佈核四停建，不是說謊是什麼？連戰跟宋楚瑜要來個連宋配國親合，那他們以前互相罵來罵去是不是也在說謊？……他們這群活在政治裡的人一天到晚比賽說謊，而且還是一次吹給兩千三百萬人聽，都沒看過他們臉紅，將軍吹幾句算什麼？」

陳祿停止摳指甲，漫不經心地回答。

「這樣說是沒錯啦，不過將軍爲什麼要編一個又一個很容易就被識破的故事，當作自己的人生呢？」

畢竟太容易被戳破的謊言，根本沒有謊言的意義。

陳祿似笑非笑，說：「你整天纏著他說故事，他把眞話說完了，只好開始跟你說謊話啊。」

我不以爲然，說：「將軍眞的說過眞話嗎？至少我在他的回憶裡面找不到這樣的東西。他一開始就放棄說眞話了。」

陳祿看著我。

他嵌在眼珠子裡的瞳孔讓我聯想到金瓜石廢棄的坑道。

「將軍說謊，可是他沒有騙你，一個想騙你的人不會花那麼多時間說那麼多的謊。你也眞看不透，你願意聽，他願意講，可以交報告就好了啊。」陳祿淡淡地說。

我搖搖頭，不再說話。

我回想起將軍跟我瞎扯淡時的模樣。

每次，將軍都很用力、很投入，就像一個舞台劇上最受聚焦的演員，所有台詞都已融化在他沸騰的血液裡，澎湃著。

將軍不只稱職地將大時代的悲歡離合、烽火無情展演出來。

而且淋漓盡致。

或許將軍眞不是在唬爛我，不是在說謊。將軍是在表演。

而且是個優秀的表演家，而我是台下的觀眾。

負責點故事、點頭，還有點菸。

一幕幕的戲碼如滾動的萬花筒將我倆包圍。

這樣想讓我覺得舒坦多了，比起街上有幾個流浪者，將軍的敘事格調就凸顯出某種節氣跟傲骨似的。

那些酒精中毒者平常絕少搭理人，就像一座座自我隔絕的孤島，大概是資源太少不易與人分享的關係吧。他們打破了我「嗜酒人必定豪爽」的刻板印象。但只要我願意請他們喝幾瓶酒，其他人就會聞著酒精聚集過來，跟我廢話幾瓶酒的時間。

幾次以後，我就發現我聽到的都是惡意的胡扯，一點意義都沒有的「虛應故事」。

街上的嗜酒流浪人從來不說眞話，他們只提哪些人腦子有毛病，哪些人小氣，哪些人幹了什麼醜事；更機八的是，這些人不僅絕口不提自己的故事，連別人的故事也大多是胡亂臆測、胡亂揑造的。

幾瓶酒過後，他們就閉上眼睛，假裝我從頭到尾都沒存在過。

## 七、

「喂，陳祿，你跟我說的故事是不是也是在唬爛我的？」我突然發笑。

「我爲什麼要跟你說假話?我跟他們又不一樣。我不想跟你說的就不會說，可是說出來的東西都是眞的。」陳祿深深不以爲然。

跟「他們」不一樣，是陳祿願意跟我談話的最底線，而我也不想戳破或提出質疑。我雖然感應陳祿快要浮游到「他們」那邊去了，但其實我隱隱盼望陳祿有一天居然能夠找到工作，然後從此消失不見。

「對了，我跟你說過阿泉嗎?」陳祿突然問道。

「那個每天都要喝一瓶明通治痛丹的阿泉?還是號稱練過三十年氣功但其實什麼屁都沒練過的那個阿全?」我應道。

「前面那個……那個喝治痛丹上癮了的阿泉。」陳祿又打了個哈欠，說:「他現在不喝治痛丹了，前幾天我在福客多旁邊那間藥局遇到他，他跟我說的。」

「喔。」我點點頭。

突然間我感到很疲倦，也提不起勁問陳祿，阿泉不喝治痛丹了要喝什麼?國安感冒糖漿?雙貓咳嗽藥水?三支雨傘友祿安?

我想我也被陳祿……不，整條街，給傳染了疲倦。

做訪談那陣子我老覺得做什麼事都失魂落魄的，對什麼事無法集中注意力。

上次坐在客廳沙發上陪媽媽聊天，一邊看著電視新聞中不斷重複的SARS報導。一個下午過去，我看著被集中隔離的和平醫院外，憤怒的醫護人員不斷在封鎖線上衝進衝出，舉起標語在媒體前情緒崩潰嘶吼著：「我們不想感染 SARS！已經有許多人要跳樓了！乾脆將我們安樂死算了！」

接著鏡頭轉到棚內英明睿智的學者專家跟主持人身上，你一句我一句斥責著和平醫院的護士不應該擅離職守，並呼籲醫者父母心的崇高道德，一陣義正辭嚴後，與會的學者各自提供預防 SARS 的生活小祕方作爲結束。

然後又切轉到隔壁頻道，另一批學者專家在 call-in 節目上大力撻伐外界對和平醫院的過度責難，與政府無法安定人心的錯誤隔離政策。

恍恍惚惚中，我發現其中一個特別來賓就是剛剛猛烈炮轟和平醫院醫療疏失的某某學者。

這不是現場轉播的節目嗎？

難道這個學者有個失散多年的雙胞胎哥哥嗎？

還是我錯亂了？

記得有個社會學專家在書裡寫下「這就是典型的集體意識的精神分裂症候群」類似的斷句，但我突然無法理解這個句子。

接下來媽媽在跟我說什麼，我通通忘得一乾二淨，電視機裡的每個畫面都既重複又歧異地跳躍，我瞇起眼睛，疑惑得不得了。

這時將軍出現在電視機旁，拿著那根他永遠不抽的菸，冷冷地看著我。最愛說故事的他此刻卻刻意緘默，一副高深莫測。

## 八、

我不想繼續描述天空到底有多陰沉、有多悶熱，我疲倦得很。

「四點半了，我們看下一場吧。」

我一邊打哈欠一邊宣佈。

陳祿沒有回話，他無所謂。

他正仔細研究著右手的掌紋，但肯定不是在尋找脫離浮游的命運出路。

他只需要不斷重新定義「遊民」就可以了。

我勉強站了起來，到一旁的便利商店買了三罐泰山仙草蜜，陳祿接了一罐過去，但沒有打開。

「仙女，呷仙草！」我拍拍仙女的肩膀。

她假裝驚醒。其實沒有。

仙女疲倦地接過仙草蜜，茫然看著馬路上大聲叫賣豆花的小販。

我幫她打開，將吸管插下去。

「拄即咁無做眠夢？咁無夢著汝家己耶名？」我慵懶地問。

仙女只是吸著仙草蜜。

天空還是沒有下雨，而將軍也還沒來。

# 可樂

「CNN新聞在國會前爲您報導，在兩分鐘前國會已經通過了第A104887法案，同性戀從今年六月起擁有複製自己小孩的權利，這項法案是自二〇四二年全球同性戀結婚合法化後最大的人權突破，從記者背後可以見到，在國會外遊行的人權團體已經開始瘋狂慶祝……」

皮總裁靜靜坐在環場立體電視前，看著即時新聞。

儘管這幾年同性戀權益法案在全球各地如火如荼被推動著，類似的新聞早已見怪不怪。但，皮總裁蒼老的眼睛還是微微溼潤了。

「好多年了。」

皮總裁閉上眼睛，回憶不再需要壓抑，在腦袋裡快速震動著。

皮總裁身旁的桌子上，擺了一罐紅色的可口可樂，以及一張電子多媒體稿紙。

電子稿紙上閃爍著幾個淡藍色的文字。

——那將是皮總裁的遺囑，也是這個世界在這幾十年來產生劇變的解答。

「是啊，馬思可在您身邊服侍，也已經十一年又七天了。」

皮總裁的身後，抑揚頓挫的男性聲音。

「馬思可，別這麼說，讓你壓抑這麼久，咳，是我的不好。也許再過幾年，再過幾年吧……你就能用眞實的身分，昂首闊步在人群裡。」皮總裁嘆了口氣。

馬思可沒有回話，他只是看著桌上的電子稿紙。

電子瞳孔的高速變焦功能，讓馬思可將遺囑的前言看得一清二楚。

雖然遺囑裡即將記載的大祕密，他早已聽皮總裁說過好幾遍，但他還是對皮總裁決定在死後開誠布公感到驚訝。

果然，程式越完美，就越無法模擬人類的思惟。

「馬思可不確定主人這樣做好不好，這個祕密會直接衝擊公司的股價，甚至未來各地法案的推行。以及更重要的，是主人的清譽。」馬思可提醒皮總裁，身子稍微彎下。

馬思可流俐的、獨特的英文發音，讓人根本聯想不到在他的古銅膚色底下，竟藏著精密的機械元件，以及最先進、卻也最隱密的人工智慧系統。

皮總裁不說話了，只是凝視著電子遺囑上的「消除鍵」……

西元二〇一二年，全球醫學界聯合發表「同性戀的染色體缺陷」的劃時代報告，指出同性戀並非是性向的後天選擇，而是先天上「不可治癒的疾病」後，原本欣欣向榮的同性戀人權運動愕然止步。

接下來，是一連串前所未有的人權重創。

各個權威的科學雜誌紛紛發表同性戀的基因缺陷研究，只要向研究基金會申請類似的研究，都能獲得大量的資金挹注。

反同性戀的社會輿論瘋狂佔據電視媒體與報章，宗教狂甚至在電視台包下好幾個頻道疾呼「救救同性戀吧！」、「讓我們治療你！」之類的呼籲，幾個出櫃的藝人受不了壓力，自殺的自殺，息影的息影。

立法院開始研議將健保給付項目裡增加「性向治療」，還列爲重大傷病，連保險業者都將同性戀列爲重大傷殘的理賠範圍。

「那眞是個瘋狂的世界啊。」皮總裁拭淚。

從小，皮總裁就知道自己的性向。

他天生就是個理想家，他無法隱藏那股想要讓世人知曉同性戀也是種高貴情感的熱忱，但每次他拉起彩虹布條、在網路上發表評論、赤身裸體拿起擴音器走上街頭時，他明確感到人們不友善的眼神。

以及那虛假的寬容情感。

「高貴的情感，應該被高貴地認同，怎麼會需要多餘的寬容？錯誤才需要寬容。」皮總裁唸著自己的遺囑。

輕輕咳嗽，癌細胞已經嚴重侵蝕了他的肺。

即使科技已經如此發達，醫學的發展還是跟不上癌細胞突變的速度。

無限生命的時代，還未來臨。

「是的，主人，高貴的情感不需要憐憫。」馬思可若有所思。

他的人工智慧在兩年前加入「哲學思考」的升級套件後，在思考上有了驚人的躍進。

一個月前，馬思可甚至出版了暢銷書《從三大宗教思考同性婚姻的出路》，短短時間內就賣出了兩百多萬本。

雖然，沒有人知道作者是台機器。

即使在這個思想開放的年代，機器人擁有創造力仍是危險的、不被承認的，可能被冠上「僞人性」的大帽子。

十多年前，ＩＢＭ研發出第一台會創作連環漫畫的機器人後，居然被大批恐懼的暴民侵入廠房，將數百台機器人炸成碎片；緊接著，國會居然通過限制人工智慧研發方向的法案。

爲此，皮總裁營造出馬思可是他所收養的義子的氛圍，已有多年。

所有人都不曉得，馬思可並非血肉之軀。

而這些渾然未覺，正證明馬思可的電子腦內人工智慧何其卓越，人造皮膚與基因肌肉多麼逼眞。

當虛假無法被分辨出來時，「眞實」的定義就必須重新確認。

無法進行「排他」的定義是不具任何意義的。

皮總裁用諷刺的口吻唸著：「自從洛思特死去後，我發覺理想家是不切實際的存在。於是我廢寢忘食讀書、做實驗，讓自己進入基因工程研究的最高殿堂，在各種精密的設備中渡過人生最精華的歲月。」

頓了頓，皮總裁苦笑：「馬思可，你能想像那是多麼枯燥乏味的生活嗎？」

馬思可也陪著苦笑，那是馬思可的情緒資料庫裡細分成一萬六千多種模擬情緒、配合臉部基因肌肉的微電流改變，所做出的超擬眞表情。

皮總裁嘆氣，繼續道：「瘋狂地研究終有成果，我在擁有一百七十多個大賺其錢的專利後，我按照心中的計畫，買下了可口可樂公司百分之二十的股份，如願當上了董事長。」

此時，皮總裁露出一副難得的、得意的驕傲表情：「因爲我知道，只有陰謀家才能改變世界。」電子遺囑慢慢浮出淡藍色文字。

馬思可靜靜聽著，他感覺到主人微弱的心跳突然一震。

而自己的情緒資料庫，竟也浮現出一種編號爲「G31-K4忌妒」的情緒。

洛思特是主人的戀人，也是同性戀法案促進會的會長。

在洛思特遭到異性戀基本教義派暗殺後，主人表面上崩潰、退出同性戀組織，但實際上，主人是將意志力淬鍊成基因研究的才華。

科學致富。

只有致富，才能夠接近權力核心。

只要進到世界的核心，才能讓世界爲你起舞。

是啊……起舞……逆轉瘋狂的，另一種瘋狂的起舞。

皮總裁撫摸著遺囑旁殷紅的可口可樂罐。

「世人皆知可口可樂的配方有十五種，其中十四種早已公諸於世，惟僅佔飲料百分之零點零五的第十五種配方7X一直是最高的商業機密，負責分別保管部份7X的七位主管甚至依規定不能搭乘同一架飛機，以免空難導致7X從此消失。我當上董事長後還是無法霸佔7X，於是雇用殺手製造各種意外，一一害死這些高級主管，然後再循法律途徑將一部份一部份的7X鎖在我一人的保險櫃裡。」

皮總裁語氣平淡地訴說大公司董事長犯罪殺人的恐怖事實。

「至此，我終於掌握到這個世界的核心，掌握到通往每一個人基因的捷徑。」

皮總裁蒼老彎曲的皺紋似乎正發著光。

而這些祕密，馬思可都耳熟能詳。

「我將7X的製程跟原料做了一丁點的改變，加入了我多年來苦心研發的『彩虹』。無色無味的『彩虹』是一種特殊的轉基因，利用學界蔑視的基因漂浮原理，只要喝下足夠量的可口可樂，彩虹就會侵入睪丸，控制精子製造的機制，使精子中X與Y兩性染色體產生我稱之爲『平等霸權』的突變，分別成爲『彩虹零號』與『彩虹一號』，藉由射精讓母體卵子的X性染色體跟彩虹零號或一號結合，不論母體產下的是女是男，下一代都會變成……同性戀。」

皮總裁的表情很複雜。

馬思可的情感辨識系統告訴他，那是驕傲與痛苦摻雜在一起、代號G6-H1的心理衝突。

皮總裁私下投入鉅額資金研發的種種「情感模擬系統」只有極少數人知悉，被實驗室列爲絕對機密，因爲這個系統的空前成功，反而會扼殺已能夠模擬人類情感的機器人的未來。

——只要有情感的，都有主張情感的權力，都不該被扼殺他們的存在。

馬思可永遠記得主人對他說過的這句話，奉爲圭臬。

可以說，這是馬思可程式的主核心。

「這是個多數人決定少數人命運的時代，不，不只是這個時代，這世界一向都是如此殘忍。可口可樂的旗幟飄揚在每一個國家、每一間便利商店、每一個人手中，於是同性戀夥伴大量出生。二十年後，他們，不，我們改變了這個世界，打破了異性戀霸權，我們……咳……」

皮總裁突然一陣急促的咳嗽，電子遺囑上沾滿血跡。

新型的變異肺癌即將奪走他傳奇的一生。

「咳……其實我很遺憾，必須使用這種人海壓迫的戰術去爭取平等的地位，但這個世界似乎無法用理性溝通或是情感說服，讓多數人認同少數人與生俱來的自由。多數人只會訴諸同情，然後……蔑視。」

「希望我的遺囑能夠喚起世人反省這種多數決的壓迫性民主，可笑的集體主義……再見了，馬思可。再見了。希望在另一個世界，可以遇見……」

皮總裁閉上眼睛，沒有再說話了。

桌上的可樂罐靜靜凝視著立體電視新聞中「台灣宣佈雇主需聘用二分之一以上同性戀員工」深入報導。

主人的努力雖然還是藉著製造多數的方式，才能改變這世界，但主人對自己的做法依舊不敢認同。無法獲得自己認同的勝利，多麼的哀艷……

馬思可流下眼淚，躬身接過主人手中的電子遺囑。

主人最後還是沒有按下清除鍵。

他明白，主人不是想向世人炫耀自己偉大的勝利，而是想抗議這世界的霸道。

馬思可也很傷心。

主人的遺囑中並沒有提到他。

或許是來不及。

或許是，主人根本沒有察覺到馬思可對主人的情感，已經不是主僕、朋友、父子……

而是情人的深深愛戀。

「馬思可遲遲不敢表露對主人的愛意，是懼怕主人會因此遺棄、畏懼馬思可，其實馬思

BLAZE.Wu

可沒有性別，馬思可的情感同樣沒有肉體與機械之分。」

馬思可對著已闔眼的主人流淚告白：「愛情超越一切，能說話的，就能談戀愛。可惜馬思可只有這樣的思想，卻沒有與之相稱的自信。」

早已決定地，馬思可輕輕按下電子遺囑中的清除鍵。

皮總裁畢生的前半個祕密從此煙消雲散。

而皮總裁的另外半個祕密，將會開啓世界另一個劇變。

「請原諒我不得不違背您的囑咐，我會努力讓機械與人類平等共處的那天早點來臨，這是我誕生在您手中的宿命，也是我的情感。您若看見我擁有這樣的自我意志，也會替我高興吧？」

馬思可不再稱呼自己的名字，改稱「我」。

這不是他脫離冰冷機械元件的象徵，而是爲冰冷機械正名的第一步。

馬思可按下電子遺囑的重新啓動鍵，清了清喉嚨，用語音資料庫中主人的聲音慢慢唸出新的遺囑，內容包括將主人名下的所有資產都過繼給身爲義子的自己：兩百零四間頂級的生技實驗室，以及八十五家全世界各地的媒體。

一邊唸著，馬思可的電子腦一邊思忖。

「改變世界的東西不必多，一罐可樂中的百分之零點五即可。也許我該控制財團，嘗試通過疾病控制或犯罪控制法案，好在人腦中嵌入晶片……最好一出生就必須裝置。然後透過特殊的元件影響人類的想法，促使機器人與人類平等的法案通過？」

「不，這太冒險了，這項法案恐怕會引起恐慌……不如從控制迷你手機的晶片組開始吧？用簡氏微波理論，逐漸影響手機族群的潛意識……」

有朝一日吧，他一定可以光明正大與人類談戀愛。

或跟另一個同樣具有情感的機器人談戀愛。

他想。

# 機構

## 一、

我在白色的地板上醒來。

就跟昨天、昨天的昨天一樣，我的身上只著了白色衣褲。

雖然空調將溫度調整得很好，依舊有一件小被單罩著我，免得我著涼。

這是個幾乎雪白、單調、俐落大方的房間。

約有七坪大。

沒有書本，所以當然沒有書櫃。

沒有多餘的衣服，所以自然沒有衣櫃。

教育告訴我一個人的長相並不重要，重要的是內在的靈魂，所以傳說中的鏡子也不必存在，需要刮鬍子的時候自然會有教育指導員幫忙。

爲了合理地解決排泄問題，牆角有一個白色潔淨的馬桶。

有時候即使不便溺，我也會坐在馬桶上思考關於未來的事。

我想得不多，因爲對於外面的世界我了解得很少，但我並不需要擔心這類的事，大部分坐在上面的時間我只是在宣洩莫名的興奮。

除了馬桶，這房間只有一台反覆播放希特勒演講的電視。

是的，希特勒，就是那個希特勒，那個人面獸心的二戰殺人魔。

我有點緊張，雖然這段邪惡的演講我已反覆看了一整年，但我必須在一個小時後接受

「道德評估」，根據希特勒的這段演講提出精準的批判。

按照錄影帶介紹的評分標準，我得在短短十分鐘之內竭盡所能地犀利、一針見血地戳破希特勒蠱惑群眾的謊言。最好批判時還能熱血沸騰……據教育指導員說，越激動就越能得到高分。

但我恐怕缺乏這樣的情緒。

從小我就在這個房間裡長大，所接觸到的一切都是合理的、正面的教育，每一本書都是世界政府認證過的合法思想，不管讀幾遍都不可能產生壞的念頭。

歸根究柢，世界政府爲了避免重蹈覆轍，教育出擁有壞思想的小孩危害這個世界，於是立了一個新法案，叫「全面思想教育法」，命令各國政府一起遵行。

爲了徹底實行這個好法案，打從一個世紀前，世界政府在全世界各地都建造了巨大的「教育機構」，統一將所有的新生兒養育在裡面，從嗷嗷待哺的嬰兒到法定的成熟期三十歲這段期間，都由教育機構全權負責我們的健康，以及最重要的教育。

雖然非常悶，但全面思想教育法規定，在我們年滿三十歲之前都得待在機構裡。嚴格來說，是待在機構中自己的房間裡，一步都不准踏出。

政府義務提供的教育眞的非常完善，有文學、藝術、科學、宗教、體育、人格六大科目。每個科目都有專門的老師。

文學課非常豐富，各國經典作品無一闕漏，讀本有莎士比亞、海明威、芥川龍之介、魯迅、哈金等等，隨著我們閱讀能力不斷拓展更多的經典。

藝術則有各國美術史、歷代藝術品賞析、創作實作等。我最喜歡創作實作的部分，尤其喜歡中國的書法，只要我一拿起毛筆畫些山水就停不來。

科學我就有點不行了，但爲了成爲一個完整的好人，我還是努力地學習牛頓三大定律，演算著始終與我生疏的練習題。我很希望可以有多一點的「半熟人」擅長科學，畢竟我在這方面恐怕無法做出貢獻。

宗教更是引領我追求人生意義的重要課程，包含了無數聖哲試圖啓迪這個世界的哲學。我常常與教育指導員討論上帝、佛陀、阿拉的旨意，與人類的終極生存意義。教育指導員非常滿意我在宗教課程上的表現，這點尤其鼓舞我。

健康是最基礎的課程，每天都要上足一個鐘頭。

上體育課的時候，房間裡的燈管就會自動切換成紫外線模式，教育指導員也會進來監督我做仰臥起坐、伏地挺身維持基本的體能，有時還會帶跑步機進來讓我在上面暢快地奔跑。

運動完後，教育指導員會拿一桶溫水給我，監督我仔細地清洗身體，並拿乾毛巾讓我擦拭。每天運動後我都換上新衣褲，雖然每一件衣服都清一色的白。

說是細心呵護也不爲過。我們定期服用營養補充劑、量體溫、接受心理測驗。儘管缺乏變化，食物的營養絕對均衡，從沒有讓我體驗過那些經典文學裡所描述的眞正飢餓。

人格是一門很危險的社會課，據說一不小心就會帶來錯誤的思想，所以一個月才上一次。謹愼起見，每次我都在教育指導員的陪同下一起看錄影帶，錄影帶的內容都是在全面思想教育法實施之前，世界各地的新聞剪輯。

透過畫面紀錄，我深刻了解一個世紀以前的世界有多醜陋，偷竊、欺騙、強暴、殺人、戰爭、核子競賽、污染、資源消耗，太多太多的邪惡。

對比之下，可知全面思想教育法有多麼重要——爲了帶給這個世界更好的未來，每個人都必須貢獻出人生的前三十年給教育機構，完成美好的正面教育。

犧牲部分的個人自由，以換取全體的永恆幸福，我想不出有什麼事比這種犧牲更有意義、更迫切、更具有義務性質。

據說以前的人類，從小就暴露在複雜的社會互動裡。

家庭成員的人格層次說不定一開始就有問題，所以經常產生偏心、性侵、家暴等足以毀滅小孩心靈的情況，更別提小孩子後來上學，全班三十幾個同學，可能有二十幾個都心懷鬼胎成爲你人生的絆腳石，他們未經訓練的言行舉止很容易扭曲其他的小孩。

扣掉家庭與學校，上學放學的途中更充滿了危險的誘惑。原本就聚集了邪惡力量的幫派文化時時刻刻都意圖吸收人格扭曲的小孩，順手毀滅人格健康、但抵抗力不佳的另一群小孩。

然後電視上充滿了胡扯一通的政客，吸毒濫交的藝人，僞善貪財的神棍。大人全部都爛光光了，也打算透過龐大的媒體影響力把他們的糟糕傳染給下一代。

久而久之，人類就是這樣彼此毀滅的。

二、

不否認我曾經想過，即使是那樣危險的世界也比我待在這個七坪大的小房間要好得多，也爲此幾乎要發瘋，我拚命想撞開上鎖的電子門，想把馬桶拆下來砸門，想自殺。統計起來這三十年來一共瘋了十七次。

每次我一發瘋，教育指導員就會走進來給予我電擊，然後餵我吃鎮定劑。

他們悉心鼓勵我勇敢撐過這三十年，並保證三十年後，一切都會不一樣。

是的，我明白。

但心理的明白跟身體的慾望完全背反，完全衝突——這也是完全思想教育法建造機構的根本目的！如果我們不能克制野獸的自然慾望，如何成爲一個絕對不危害他人存在的「全熟人」呢?!如果我們不能盡完在機構裡監禁自己、訓育自己的義務，哪有臉面到外面的世界享受權利呢？

比起一個世紀以前的人類社會，現在外面的世界單純太多了。

一想到外面的世界充滿了像我這樣單純善良的人，我就很安心。只有安定和樂的社會，才能給予每個人充分的保障，保障我們每個人都能在穩定的節奏中實現自己的夢想。

雖然在這裡我除了跟來來去去、不固定面孔的教育指導員說話，完全不曾實際與其他人的接觸，當然也沒有經典文學裡所寫的「朋友」、「兄弟」、「父母」等概念的實踐。但這也不算什麼。只要我到了外面，就能循著機構的安排回到原來的家庭，跟思念我已久的親人們見面、重新建立關係。

至於朋友，我也很期待。

機構告訴我，由於大家都很善良、志趣又相同，只要通過「道德評估」，一到機構外面就能在最短時間內交到好朋友，一起朝夢想邁進。

關於夢想，我了解一個世紀前的人類社會有多麼不值得信賴。

人格課程的新聞紀錄片告訴我，當時的社會虛構了太多不眞實的夢想，例如樂透、豪宅、名車，更製造出一堆達到以上夢想、卻實際上相當稀少的一小撮人當作成功典範。

不斷繁衍這可悲的虛構的結果，最終導致大量的尋常人類一輩子都只能活在無法滿足夢想的痛苦裡。於是犯罪滋生。

在全面思想教育法的推動下，整個世界改頭換面，對夢想採取絕對達成的保證制度。

只要你填下嚴格控管的志願表（裡面共有五十個職業志願，每個志願都是科學篩選過的、對人類社會有正面貢獻的夢想職業），政府一定安排適當的社會位置給你。

至於豪宅之類的財富，每個教育指導員都冷冷地告訴我，在每個人都確定可以完成夢想的情況下，財富變得可有可無，只要定期定額投資政府的公共建設基金，有朝一日都可以靠積累達到富人的境界。

所以，我該當哪一種人好呢？

「你長大想當什麼？」教育指導員在我十歲的時候問我。

「我想當一名律師。」當時的我很篤定。

「雖然已經沒有人需要打官司了，不過，你要當律師，當然也可以。」

教育指導員隨即在我的志願表中，勾選律師這個欄位。

但是在我十五歲的時候，我發現我對藝術擁有強烈的興趣。

「我想當一個畫家，可以嗎？」我期待。

「沒問題，雖然我們不再需要多餘的藝術品。」

教育指導員毫無猶豫地在我的志願表中，劃掉律師，重新勾選畫家這個欄位。

到了二十歲，我開始嘗試自己寫作。

儘管我的文筆很拙劣，對於這個社會的觀察僅止於膚淺的幻想，但……

「我能夠當一個作家嗎？」我深呼吸。

「如你所願。」教育指導員勾下。

今年，再過一個小時，我就滿三十歲了。

我已經不想當作家了，但充滿了改造這個社會的熱情。

是的，如你所見，這個世界已經非常美好，沒有必要再有革命、再有激情。

但一個世紀前跟一個世紀後的人類社會，靠著全面思想教育法的實施，而產生出截然兩幟的型態。一個深沉黑暗到遲早導致人類大滅亡，一個燦爛光明到令所有的進步都顯得毫無意義。

「改革」這兩個字多麼地美妙！多麼地有吸引力！

如果可能，踏出這個房間，踏出機構後，我一定要在外面的世界進行更進一步的思考，思考當今的人類社會是否還存在著進一步改革的契機，美好之後的更美好，是否存在著任何可能！

一想到我的夢想是如此的偉大，就不由自主振奮起來。

——我想當一個政治家。

在今天通過最後的道德評估後，我就會將我最新的志願告訴教育指導員。

三、

我有點緊張，反覆在房間裡走來走去。

時間快到了。

我做了一百下伏地挺身打發時間，腦子裡不斷練習批判希特勒的演說。

門打開。

兩個教育指導員站在門口，和顏悅色地看著我。

「456103，準備好接受評估了嗎?」左側的教育指導員眼中閃耀著光芒。

「是的!」我立正站好，答得慷慨激昂。

「那麼，請跟我們來吧。」右側的教育指導員笑笑，將一個黑色頸圈遞給我。

天啊!是規訓圈!是傳說中的規訓圈!

我在錄影帶裡反覆看了一萬遍，在夢裡也會出現的黑色規訓圈!

我難掩興奮地將黑色頸圈套在自己的脖子上，扣緊冷冰冰的電子鎖，我知道這代表我已踏入了成功規訓的第一步。

第一次踏出房間的時候，我不由自主掉下眼淚，亦步亦趨跟著兩名教育指導員的腳步，在陌生的走廊上經過一間又一間依舊隔離上鎖的房間。

我很激動，喉嚨像是塞滿了淚塊。

學弟學妹們!忍耐!要忍耐!

終究有一天你們完成了全面教育，也能像學長我一樣昂首闊步地走在走廊上!

「這一切，都要感謝機構。」左側的教育指導員瞥眼看了我一眼。

「是!」我大叫。

「等一下要好好表現。」右側的教育指導員給我一個溫暖的微笑。

「是！」我大叫。

來到一扇白色的門，兩個教育指導員用眼神示意我評估會場就在裡面。終於。

我深呼吸，將門輕輕推開，用顫抖的步伐將自己推了進去。

會場是錄影帶中介紹的會議室，投影牆上播放著希特勒的演講，光線昏昏暗暗，有些奇怪的氣味我從來都沒有體驗過，以煙霧的型態飄盪在會議室裡。

橢圓形的長桌旁坐了十二個頭髮花白的評估委員，有男有女。

我有點嚇壞了，這輩子我從沒有眞正見過這麼多人。

精確來說，我最多只見過三個教育指導員同時出現，那還是因爲當時我發瘋了，必須動用多一點人一齊電擊我。在我被電得口吐白沫的時候，我才有幸同時見到兩個以上的人。

道德評估果然很愼重。

「十分鐘，開始。」一個評估委員按下計時器。

「希特勒是個魔鬼！」我第一時間拍桌，喧嚷出演練多時的憤怒。

接下來的十分鐘，我竭盡所能地將希特勒從該死的地獄裡揪出來，用最毒辣的言語鞭笞那邪惡的亡靈，演講的起承轉合都在我的掌握之中，直到最後三十秒，我出乎預料地流

254
458255
458256
458358
458357
456103

下兩行熱淚，在哭腔的告白中結束動人的批判。

果然有現場觀眾，我會表現得比平常練習時要好，好太多！

只見十二個評估委員不約而同點點頭，看來成績很樂觀啊！

我呆呆地等待結果宣佈，那些評估委員卻只是平靜地看著我。

## 四、

門打開，壁壘分明的光線折在我的臉上。

一直等在門口的兩位教育指導員，用眼神示意我出來。

門關上。

我忐忑不安地跟著兩位教育指導員，在迴盪喀喀喀腳步聲的空蕩蕩走廊上前進。

要去哪？是回到我的房間嗎？

還是終於要去那個地方？

跑步機歸跑步機，我這輩子從沒走過這麼久、這麼長的路，不禁有點恍惚。

走廊已到了盡頭。

盡頭，又是一間新的房間。

門很大，暗沉的金屬色澤感覺起來異常結實。

「恭喜你，道德評估通過了。」右側的教育指導員開口。

「眞的嗎？」我精神一振。

「現在得請你在中途之家等待進一步的分發。」左側的教育指導員溫和地看著我，說：「爲了集中更多的半熟人一起專車釋放……不，應該說是全熟人，你在裡面等待的時間可能需要幾個小時，甚至是一整天。」

「沒問題！」我激動大叫：「都等了三十年了！這點不自由算什麼！」

點點頭，右側的教育指導員拿出一顆藥丸，放在掌心。

還沒等他開口，我就一把抓過去吞下。

這藥丸我在道德評估的介紹錄影帶中看過，是讓人精神鎮定的一種抗憂鬱藥，爲的就是和緩即將接觸外面世界的全熟人的情緒。

畢竟有好幾個案例指出，百分之二的全熟人會因爲過度興奮產生休克的症狀，嚴重者甚至會心臟痲痺。

先服藥，對任何人都好。

默不作聲盯著手錶，右側的教育指導員不時打量我的眼睛。

我感覺到意識逐漸渙散，呼吸變得好累好累……

「那麼，你就先睡一覺吧。」左側的教育指導員打開門。

模模糊糊，但彷彿是個很巨大、足以容納數百人的浴室。

我依稀看到好幾個穿著白衣的全熟人躺在灰色的地板上。

我應該做的，就是走過去跟他們一起躺下吧。

「對了，不好意思，請問我將來的夢想可以做最後的變更嗎？」我搖搖晃晃。

「沒問題。」左側的教育指導員。

「我想當個政治家。」我微笑，身體又傾斜了一下。

「如你所願。」右側的教育指導員推了我一把。

然後我就安安靜靜地睡著了。

## 五、

是一場只發生在新聞紀錄片裡的滂沱大雨，將我澆醒的。

不，不是大雨。

是不斷從天花板灑下的冷水，衝力大到絕對無法讓人站穩。

我睜開眼睛，打了個噴嚏，渾身發冷。

勉強坐起來的時候，不小心碰到了坐在旁邊的另一位全熟人。

他朝著我打了個噴嚏。

我呆住了。

他也呆住了。

「希特勒！」他對著我驚慌失措地大叫。

「希特勒！」我才是嚇到魂不附體，又撞上了坐在我後面的全熟人。

「希特勒！」坐在後面的全熟人觸電般大叫，幾乎往後摔倒。

那一瞬間，巨大的浴室裡「希特勒」三個字給吼得震天價響，此起彼落。

我完全無法置信所看到的恐怖景象……

希特勒……希特勒……通通都是希特勒！

有數百個、或許上千個希特勒擠在這間浴室裡，從天花板水管噴出的冷水不斷沖打在那些醜陋的惡魔嘴臉身上，最荒謬的是，那些惡魔竟驚慌失措地互相大吼著希特勒這三個字。

是鎮定劑的副作用嗎？是噩夢嗎？

還是隱藏版的道德評估測驗？

嚇得放棄思考的我，也只能跟著大吼希特勒宣洩恐懼。

因爲……因爲就……就到處都是希特勒啊!!

就在我們彼此衝撞、踐踏、仇視與畏懼的時候，沖得我們眼睛睜不開的冷水戛然而止。

取而代之的，是懸掛在角落的廣播器。

「全體肅立！」廣播器的喇叭振動。

我本能地站好，兩腿打直。

數百乃至上千個希特勒竟然也同一時間照辦，大家全都直挺挺地肅立。

我心底有說不出的恐懼，眼淚跟鼻涕早就爬滿了半張臉。

用眼角餘光一掃，我發現那些冷血的希特勒竟然也是同樣的反應。

「從現在開始，一個口令一個動作。」廣播器傳出不帶情感的聲音。

聽得我心底發毛。

「只要有任何違抗，就會像他一樣！」廣播器居高臨下。

他？

他是誰？

只見廣播器底下慢慢伸出一根黑色槍管。

碰！

站在我身邊的希特勒的下巴，瞬間多了個鮮明的黑點。

他立刻摔倒在冰冷溼滑的地板上，痛得哭天搶地。

我一看，這位希特勒的下巴冒出大量血水，模樣恐怖淒厲。

他做了什麼？做了什麼要挨這一槍？

我正要提出控訴的時候，遠處一個希特勒早我一步大叫：「爲什麼！」

然後又是一聲無法理解的槍響。

發出質疑怒吼的希特勒腹部中槍，身體縮成一團倒在冷水中大哭。

我們都嚇得大吼大叫。

「弄錯了！你們弄錯了！看清楚！看清楚！我根本不該跟這些人渣關在一起！」我焦急大吼：「我是456103！456103！是剛剛通過測驗的全熟人！」

「仔細看看我！我是剛剛通過道德評估的編號456866！立刻查一查就知道了！一定有紀錄啊！」我左手邊的希特勒哭著大叫。

「快放我出去！我是456510！別把我混在這群殺人魔裡面了！」右手邊數起來第三個的希特勒不停跳著、高高跳著。

「攝影機在哪裡？在哪裡？求求你看清楚，我是456001啊！」一個希特勒衝向大門，用力拍打著厚重的金屬門板。

這群該死、該死上一千萬次的希特勒齊聲哭號，聲調、動作、反應、說詞，竟然都跟我如出一轍。那些聲嘶力竭的痛苦讓我呼吸發寒。

隱隱約約的眞相在那一瞬間幾乎要騎到我的頭上——我快發瘋了！

「全體肅立！」廣播器咆哮。

下一瞬間，我們全都用最快的速度立正站好。

鼓起胸，縮小腹，腰打直，雙腳併攏，指尖平貼大腿。

安靜得，只剩下那兩個活該中槍了的希特勒的痛苦哀號。

沒有人敢動。

「聰明如你們，此時此刻應該推測出事情的眞相。」廣播器冷冷地說。

我哭了。

意識卻一片茫然。

「二次世界大戰快要結束的時候，在地下碉堡裡發現希特勒的屍體，燒得焦黑無法辨識——然而，這只是事情的表面。」

我的雙腳踩著泛紅的冷水。

「在希特勒試圖吞下藍有氰化物的膠囊自殺之前，遭到爲求自保的近身護衛綁架，待聯軍攻破柏林之後，便將希特勒交給了首先闖進柏林總理府的俄軍。」

數百、上千個希特勒面面相覷。

「俄軍擄獲了希特勒，逼迫他供出藏有大量黃金的秘密寶庫後，就在各國之間拍賣希特勒的剩餘價值。」

我的手指冰冷，不由自主抽搐起來。

「爲了徹底復仇，全世界的猶太人從以色列龐大的建國資金中挪取一大部分，向俄國買下只剩下半條命的希特勒。零碎處死了那殺人魔之後，我們的祖先冷凍了他的屍體，從此秘密成立了猶太復仇組織，一代傳承一代，長遠計畫更進一步的人道報復。」

幾十個希特勒開始用立正站好的姿勢嘔吐，空氣瀰漫著絕望的氣味。

「拜生物科技之賜，你們都是從希特勒的冰屍中培養出來的基因複製人。」

明明是青天霹靂的事實，我卻聽得很恍惚。

「算起來，你們已經是第四十五萬六千名到四十五萬七千名的希特勒複製人，就跟你們編號所暗示的一樣。目前還有不計其數的小複製人在機構裡，繼續在荒謬的監禁中長大。」

所有……所有的希特勒，不約而同都跪了下來。

「我們猶太復仇組織花了大量時間、大量金錢、大量可笑的謊言在機構裡培養、教育你們這些殺人魔，就是爲了有一天，能夠用當初你凌虐我們同胞祖先的方式，來處決你。」

廣播器直到最後這一刻，依舊缺乏復仇最基本的抑揚頓挫語氣。

我想起希特勒在二次世界大戰中對付猶太人的種種可怕手段。

所有的希特勒也一定想到了這點，每個「共犯」都無助地乾哭了起來。

廣播暫時停止演說。

豔綠色的氣體從排氣孔中，耀武揚威地瀰漫開來。

幾個最接近排氣孔的希特勒表情猙獰地抓著自己的脖子，像是無法呼吸，眼睛瞪大，口吐白沫地倒下，兩條腿在半空中抽搐狂舞。

我後退一步，所有希特勒都本能地靠攏在一起。

站在越外圍的人就越快倒下，像是倒骨牌一樣……

廣播器又開始說話了。

「別高興得太早。這氣體死不了人的，只是令呼吸器官暫時失去功能，讓你們假性先死一次。按照過去的統計，約有百分之九十五的人會繼續存活下去。我們會週而復始地釋放毒氣，你們醒來，然後再度死去，醒來，然後再度死去。」

綠色的毒氣越來越濃，越來越近。

「直到第十七次釋放毒氣後，即使是你們之中最幸運的一個，也會因為呼吸系統嚴重衰竭而死，所有的罪孽才會全部回歸地獄。」

惡臭！

終於輪到我了。

無法呼吸的痛苦中，我不僅沒有失去意識，精神還亢奮到最極限。

據說人類在死前會迴光返照生前的一切，但我只看到一個白色的房間，一個白色的馬桶，一個經常沒有畫面的電視，永遠都不重複臉孔的教育指導員。

一切都單調到讓人發瘋！

「這是條漫長的正義之旅。我們得殺死你六百萬次，才足以抵銷你加諸在我們同胞祖先身上的邪惡。」廣播器慢條斯理地宣佈。

「爲什麼！我什麼都沒有做啊！」我拚了命，喊出了這最後的控訴。

「說的好。我們的同胞祖先，同樣什麼也沒有做。」

廣播器不再說話。

努力閉上眼睛，劇烈痛苦中唯一的祈禱——

我只希望別再睜開眼睛！

# 不再相信愛情

靜書是個不可多得的好女孩。

就跟她的名字一樣，又文靜又愛看書，兩個字加起來，就是可以聽見古箏彈奏聲「登登登登登登」的高雅美人那型。大家都很忌妒，說像我這種整天只會聽搖滾樂跟打手槍的草包能追到靜書，簡直是老天瞎了眼。

是啊，的確是奇蹟。

「我苦苦追了靜書三年，才發生戀愛的奇蹟。」我總是這麼謙虛。

不是我在說，連我都很佩服我自己。

電影「臥虎藏龍」說心誠則靈，在追靜書的最後一年，我決定找間廟好好跪一跪，發個誓。大寶又建議我：「要追大美女，就要拿點像樣的東西出來發誓！」

有道理，聽起來會一頭熱血的話我最凍袂條了，所以我跪在土地公面前，發誓我要禁槍，直到追到靜書爲止。

「不是吧？幹嘛拿這種東西來賭！」大寶驚駭莫名。

我拍拍大寶的肩膀：「不好意思，從今以後你只好自己看A片打手槍了。」

兩個男人老是窩在一起打手槍，遲早會斷背。

接下來的一年，無法排泄的毒素在我體內累積沉澱，我每天都瀕臨瘋狂。

我開始在靜書宿舍下彈吉他，在靜書學校外發愛的小傳單，主動打電話跟靜書爸媽介紹我這個好青年，常常跑到靜書家跟她的馬爾濟斯玩親親。

靜書在我扭曲人格地追求下，終於答應試著跟我交往。

眞是千鈞一髮，再不打槍我會死的，體內的毒素都快滿到了鼻孔。

「謝謝妳，我一定會讓妳幸福的。」我全身顫抖哭著，伸出小指。

「一定喔。」靜書咬著下嘴唇，模樣眞是嬌羞動人。

我們勾勾手，幸福的約定。

當天晚上，我排了五次毒，整個人終於又活了過來。

我跟靜書開始純純的約會。

靜書是溫柔婉約古典清麗那型，我們約會的內容就像科學麵泡水那麼清純，最多就是牽牽手，磨蹭臉頰，至於電影院、ＫＴＶ那些又黑又色的地方都沒進去過，倒是在文化中心一起唸書好幾個禮拜。

上上星期靜書又在圖書館讀莎士比亞，我在一旁掛著耳機聽搖滾，昏昏欲睡。

「靜書啊，什麼時候我們才可以更進一步？」我氣若遊絲。

靜書臉一下子紅了。

那麼容易害羞的女孩，在這個時代就跟綠蠵龜一樣稀有，害我又翹起來了。

「你啊，怎麼一天到晚都在想這些有的沒的？」靜書的耳根子發燙。

我憐惜地摸著靜書的耳根子，靜書咬著牙，將頭別了過去。

然後是上星期，靜書在扶老婆婆過馬路時，我又在一旁唉聲歎氣。

「靜書啊，下個禮拜是我二十五歲生日，我……我也寂寞了二十五年哩……」我的語氣有些哽咽：「我每天都吃排毒餐，可是一點都沒有用。」

靜書的臉又紅了，埋怨似用手輕輕捶了我一下，卻不說話。

「老婆婆，妳也說點話啊？」我嘆氣。

「是啊，有些事早做比晚做還要好啊，老了，就沒搞頭囉。」老婆婆有感而發，說著說

著就流下悔恨的眼淚。

託老婆婆的福，靜書終於答應我，在我生日那晚先陪我去PUB看我最愛的「死不要臉band」的搖滾現場，然後去我家偷嘗禁果。

「只能放一點點喔。」

靜書的臉，羞得幾乎都埋在手指縫裡了。

「一點點，保證一點點！」

我熱淚盈眶，幸虧我的小雞雞眞的只有一點點。

約定的日子終於到了，我帶著靜書擠進爆滿的PUB現場。

靜書苦著一張臉，不斷抱怨好吵好吵，霓虹燈飆來飆去，晃得她頭好痛。

「再忍耐一下！死不要臉band眞的是屌翻啦！上次他們還在台上表演鐵頭功哩！敲到主唱頭都爆開噴血啦！」我在靜書耳邊大叫。

一瞬間燈光暗下，音樂止息，所有人呆晌。

舞台突然噴出燦爛的火樹，死不要臉團一邊嘶吼一邊在聚光燈下登場。

「死不要臉！死不要臉！死不要臉！死不要臉！死不要臉！死不要臉！」

「死不要臉！死不要臉！死不要臉！死不要臉！死不要臉！死不要臉！」

「死不要臉！死不要臉！死不要臉！死不要臉！死不要臉！死不要臉！」

「死不要臉！死不要臉！死不要臉！死不要臉！死不要臉！死不要臉！」

「死不要臉！死不要臉！死不要臉！死不要臉！死不要臉！死不要臉！」

「死不要臉！死不要臉！死不要臉！死不要臉！死不要臉！死不要臉！」

「死不要臉！死不要臉！死不要臉！死不要臉！死不要臉！死不要臉！」

「死不要臉！死不要臉！死不要臉！死不要臉！死不要臉！死不要臉！」

全場三百多人瘋狂揮舞螢光棒，襯映死不要臉團的狂暴新歌「我不再相信愛情」，所有人都陷入歇斯底里的集體歡愉裡。

是的，所有人，包括靜書。

「好炫啊！好棒啊！呼啦啦呼啦啦！」靜書尖叫，舉起雙手狂揮。

我愣住，靜書簡直變成了另一個人。

「搖滾樂果然是熱情奔放啊！」我喜極。

超棒的音樂不分種類，都是直指人心的靈魂核爆吶！

突然，死不要臉團的主唱在副歌高潮時脫掉褲子。

一扭腰，將皮褲甩下台。

「啪。」

不偏不倚，皮褲命中靜書的臉。

我驚慌失措，正要安慰好不容易high起來的靜書時，頭皮忽然發麻。

死不要臉團的主唱甩著大雞巴狂吼：「漂亮的小妞！上台！」

蝦小？

「上台！」「上台！」「上台！」「上台！」「上台！」「上台！」

「上台！」「上台！」「上台！」「上台！」「上台！」「上台！」

「上台！」「上台！」「上台！」「上台！」「上台！」「上台！」

「上台！」「上台！」「上台！」「上台！」「上台！」「上台！」

「上台！」「上台！」「上台！」「上台！」「上台！」「上台！」

「上台！」「上台！」「上台！」「上台！」「上台！」「上台！」

「上台！」「上台！」「上台！」「上台！」「上台！」「上台！」

「上台！」「上台！」「上台！」「上台！」「上台！」「上台！」

「上台！」「上台！」「上台！」「上台！」「上台！」「上台！」

「上台！」「上台！」「上台！」「上台！」「上台！」「上台！」

「上台！」「上台！」「上台！」「上台！」「上台！」「上台！」

我還沒回過神，靜書已被瘋狂的觀眾平抬了起來，拱到台上。

「靜書！韓靜書！」我想衝上前去，卻被團團人牆擋住。

下一幕，靜書背對著主唱，像小狗一樣蹲趴，狂野地被剝下裙子。

當著三百個觀眾面前，主唱的大雞巴一個無姦不摧地挺進。

靜書雙手晃著螢光棒，既痛苦又快樂地大叫起來。

「不是吧?」我慘叫。

「是啊!」靜書的表情這麼回應。

死不要臉團不斷重複吼著歌詞:「我不再相信愛情——喔喔!我死不相信愛情——喔喔!喔喔!喔喔喔喔喔!通通射掉!射掉!射掉!我不再相信愛情!」

三百名觀眾興奮地舉手、踱步、跟著大唱。

集體勃起。

我夾在狂亂的人海波浪裡,到處都是結塊了的荷爾蒙。

我愣愣看著主唱一手拿著麥克風嘶吼,一手大力拍打靜書雪白的屁股。

拍到紅通通,紅得快冒煙。挺進又挺進。

靜書高舉螢光棒,那盡情又痛苦的姿態,就像電影 The Rock 絕地任務,最後尼可拉斯凱吉雙手高舉信號棒跪在惡魔島那一幕。

虛脫而靜謐的美感。

我狂吼,附和著,簡直感動落淚。

「我不再相信愛情……我不再相信愛情!」

# X理論

有一天，你將遭到整個世界背叛。
只因爲，你能讓這個世界看見前所未有的光！

——實際上並不存在的英國小說家
阿茲克卡

# 零、

西元前三九〇年，柏拉圖完成《理想國》。
一五三二年，馬基維利發表《君王論》。
一六五一年，英國思想家霍布斯完成《巨靈論》。
一六九〇年，英國哲學家洛克發表《政府論》。
一七四八年，法國哲學家孟德斯鳩提出三權分立。
一七五六年，伯克發表了第一篇明確提出「無政府主義」的文章。
一七六二年，法國思想家盧梭完成社會契約論。
一七八九年，法國大革命。
一八四八年，馬克思發表《共產黨宣言》。
一九四五年，五十個國家簽訂聯合國憲章，聯合國成立。

## 一、

交大八舍，一一六室。

嘟……嘟……桌上的手機震動。

「彥廷，馮教授放話，下節課要點名！」來自阿胖的簡訊。

混帳，跟公會約好了等一下要一起去安其拉神廟打怪，這下倒了大楣。

話說馮教授的通識課非常營養，堪稱學分大補丸，期中考期末考閉著眼睛寫也沒關係，唯一的條件就是期中隨機點名三次都要到、期末報告一定要交。

只要能夠做到這兩點，馮教授給分就從八十分起跳。

「如果這樣還被當掉，我一定會有報應的！」彥廷痛苦大叫，胡亂收拾書包。

當彥廷從樓梯衝上時，走廊邊已躲了三個同樣匆匆趕到的蹺課學生。

看著他們不得其門而入的焦慮表情，彥廷暗感好笑……這些不懂隨機應變的蠢才。

揚起頭，彥廷先假裝成路人在走廊上大大方方走過，瞥眼觀察教室裡的空位狀況，然後一個深呼吸，趁著馮教授轉身寫黑板的時機，用滑冰的姿勢溜進教室，見縫插針鑽了個位子坐。

手機又響。

「帥喔。」來自阿胖的簡訊。

「一般般啦。」彥廷看著轉過頭來的阿胖，手指快傳。

馮教授用缺乏抑揚頓挫的聲音，逐字念著課本上的教條：「許多共產國家也會以民主自稱，甚至放在國家的名稱裡宣示，例如前德意志民主共和國和朝鮮民主主義人民共和國，但這些國家明顯將政治權力給予統治階層的共產黨黨員，我們稱之爲民主集中制。在今天，直接民主的情況由於成本花費太高而有實際運作上的不可能，所以我們談及民主時大部分都意指代議民主制中的一種形式——自由民主制，被選出的民意代表以多數人的民意作爲權力基礎，在特定運作的法律規範底下……」

給足馮教授面子，課堂上的大家盡量不睡覺，只是通過手機進入其他的世界。遊戲的，簡訊的，星座占卜的，下載mp3鈴聲的，還有用藍芽串連起來打桌麻將的。

彥廷則是在底下翻著昨天到期的出租漫畫。

點了名，舉了手。

下課前，馮教授宣佈期末報告的格式，大家頓時精神抖擻了起來。

「這學期我們將人類的政治制度演進史從希臘雅典的菁英式民主，一路上到近代的民主政治與社會主義思潮的興起，所以期末報告就是『人類政治制度的比較』，至少要選三種制度，並分析當時制度形成的時空背景，最好還要拿出實行不同制度的國家當例子。」馮教授頓了頓，說：「至少要寫五千個字，寫越多，分數越高。」

聽到此種枯燥至極的拼字數作業，大家哀聲四起。

見狀，看慣學生上課沒上課樣的馮教授漠然道：「如果你整學期都沒有認眞在聽課，老師也給各位一個機會。憑藉想像力跟你觀察這個社會的感想，自由創作一個全新的政治制度理論，只要寫兩張A４就可以了。不過請注意，如果選這個作業寫的人，你寫的政治制度在課堂上已經提過，或是根本就是天馬行空的幻想，那分數就只能是剛好及格而已。」

不用說，這麼需要創意又有低分風險的期末題目當然沒人感興趣。

比起抄書抄網路抄同學的二手報告，對著鍵盤胡說八道要難太多了。

——除了，整學期幾乎都沒來上課的彥廷。

下課鈴響，阿胖首先挨了過來。

「怎麼辦啊你？這下挫賽了吧！」阿胖給了一個拐子：「等一下要不要一起去圖書館抄書？」

「抄書要抄五千個字，亂寫只要寫兩張Ａ４，神經病才抄書。」彥廷不以爲然，笑笑：「我又不考研究所，畢業也只是回家幫我爸做事，成績只要交代得過去就可以啦。」

「眞羨慕你那種放爛自己的悠哉。」阿胖嘆氣。

「去你的。」彥廷回敬一個拐子。

## 二、

藉著點名走出宿舍的感覺還不錯，至少可以吃點熱便當，而不是一成不變的泡麵加蛋——連打手槍所需的營養都不夠。

回到宿舍，彥廷一邊啃著排骨，一手移動滑鼠，看著螢幕上的弓箭手將一個大石怪給射倒……標準的宅男姿勢。

「作業該寫什麼鬼咧……」彥廷咀嚼著。

幫一些白天沒空練功的上班族打怪、升級角色、累積經驗值，就是彥廷的生活。彥廷宅歸宅，卻缺乏沉迷單一遊戲的「耐心」，所以每隔兩個月就換不同的遊戲來練，保持打怪搜寶的新鮮感。

對彥廷來說，這實在是很不錯的賺零用錢方式。

此時阿胖撞門進來，手上還抱了兩大疊書。

「你有毛病啊，要抄五千個字，你抱了五百萬個字回來？」彥廷轉頭。

「先把圖書館裡的書借光，這樣別人就抄個屁！哈哈！」阿胖可得意了。

「白痴，別人難道不會從網路上抄啊？」彥廷不置可否。

「網路上用關鍵字 google 來 google 去，還不就是那些東西。就算抄了一大缸，那個馮教授看到眼熟的話就不會得高分啦！」阿胖自信滿滿。

「你又知道馮教授會仔細看報告了？如果他真那麼認真，平常就不會那麼放任我們了。我看啊，大家的報告堆起來那麼厚一疊，十之八九會叫助理還是工讀生來改吧。」

「就算是那樣，我借光了書又不花一毛錢，我還是爽耶！」阿胖哼哼。

「白痴。」

「你才白痴。」

「……」彥廷想要回嘴些什麼，卻被剛剛的對話觸發了更猛烈的東西。

有了。

有想法了。

退出線上遊戲的畫面，開啓文書新檔，彥廷嘴巴咬著排骨敲打鍵盤。

二十幾分鐘後，嘴巴裡的排骨早失去了滋味。「政治制度演進史」的期末報告也完成了，還取了個近乎惡搞的名稱：「極限民主黑洞引力理論」。

美中不足的是，這份報告只有一張Ａ４的分量。

「……呵呵，反正教授也沒規定要用什麼大小的字。」

彥廷吞下爛透了的排骨，笑嘻嘻將文章全選，然後將原本級數十二的字體放大成十六。哈哈。

藉靈光一現倉促完成的報告瞬間跨頁，作弊似衝抵馮教授的交件低標。

未免夜長夢多，彥廷立刻按下寄出。

宿舍網路線將區區八百七十二個字，用光速運送到通識教育中心的郵件伺服器裡。

一個小時後，這八百七十二個字引爆了電腦螢幕前的一雙眼睛。

馮教授呆呆看著文件，久久無法喘息，手指黏在滑鼠滾輪上，動作不能。

「這個世界……這個世界……」

馮教授吞了一口口水，恐懼、不安又貪婪地打開新的空白文件檔。

不禁喃喃自語：「這個世界，將會因爲極限民主黑洞……不，將會因爲我的X理論，改寫未來所有的人類歷史！」

## 三、

叩叩。

馮教授打開門，兩個穿著黑色西裝的男人，一高一瘦。

「打擾了，請問是馮教授嗎？」高大的男人說，一邊比對著手上的人事資料。

「我就是，請問你們是？」馮教授打量著這兩個陌生人。

「您好，我們是《民主時代》期刊審查委員會的特派員，有幾個問題想請教您。」另一個削瘦的男人逕自推門走進，一手拍拍馮教授的肩膀。

高大的男人跟進，反手將門鎖上。

「特派員？我怎麼從來都不知道有什麼特派員？」馮教授困惑地坐下。

「嗯，由於是特別審查，還請你務必配合。」削瘦的黑衣人面無表情。

特別審查！

是了！

一定是自己那篇驚世駭俗的X理論震驚了期刊審查委員會，要將自己推薦爲下一屆的中研院院士。

不！肯定不會只是那樣！

憑著X理論的能量，掌握學術社群最大權力的《民主時代》期刊審查委員會，一定是想推薦自己角逐下一屆的中研院院長！

錯不了！

一念及此，馮教授不禁笑逐顏開，伸手便要倒茶。

「馮教授，您上個禮拜五投稿的那篇X理論，是否是您本人所寫？」

削瘦男子不疾不徐，從懷中掏出一本筆記簿。

「是，有什麼問題嗎？」馮教授笑得很謙虛。

「有沒有第二作者?或是幫忙蒐集資料的助理?」

「我在資格附註裡不都寫了嗎?那篇X理論是我獨自完成,貨眞價實。」

馮教授眼皮一跳,爲自己與兩位特派員倒了三杯熱茶。

「嗯,那篇X理論還有誰看過?」

「貴刊是除了我之外,第一個看過X理論的機構。」

「也就是說,沒有人可以證明這篇X理論是您獨自發想與撰寫的?」

「不好意思,你話中的意思到底是……」馮教授有點不悅。

「您的家人呢?家人也沒有看過X理論?」

「內人對我的研究從來不感興趣,我兩個兒子還在國外唸書呢。」

言談的過程中,馮教授很難不在意另外一個高大的黑衣男子正走到他的電腦前,抓著他的滑鼠動來動去。

儘管是什麼什麼的特派員,未免也太不尊重了吧?

馮教授正想開口抱怨高大男子時,削瘦男子又擲出問題。

「請問您的X理論是從多久以前構思的呢?確切完成的時間又是?」

「關於X理論的種種,我其實已構思多年,但始終欠缺臨門一腳,理論的完成時間……

說起來還眞有點難爲情,就在前天晚上,靈感突然像潮水一樣將我淹沒,我根本無法抵抗，只能讓手指附和腦中源源不絕的想法，一字字打出。通宵達旦寫了兩天後，兩萬多字的論文就這麼誕生。」馮教授欣慰道：「您看過X理論吧？若是那樣的想法出現在你的腦中，你根本關它不住！」

削瘦男子點點頭，依舊是面無表情，眼前的茶水一口也沒喝。

這樣的表情讓馮教授心中暗暗叫急。

——這一切到底是怎麼了，難道自己被懷疑抄襲了？

這怎麼可能！

國內期刊就不必說了，自己遍覽每一期相關領域的國外期刊雜誌，爲的就是尋找可以暗中抄襲的好題材。

可以確定的是，這個世界上絕對不會有任何一篇……或任何一段已知的理論文字，可以從中誕生出那個民主極限……還是極限民主什麼的超級理論！

「構思多年，精確來說是幾年？」削瘦男子手拿筆記本，快速抄寫。

「這個……大概從我在攻讀博士學位時就有基本的想法了。」馮教授有些侷促。

「這中間你都沒有跟誰聊過隻字片語？」

「沒有。」

「任何人？」

緊繃。

「絕對沒有。」馮教授斬釘截鐵。

削瘦男子持續拋出一個又一個關於X理論創生的環節問題，但馮教授的心裡卻越來越

看這情形，期刊審查委員會好像沒打算給自己什麼好處，反而像在偵查自己？

這種瞧不起人的問話嘴臉，未免也太可笑了。

終於，馮教授霍然起身。

「不好意思，可否請你給我基本的尊重？」馮教授轉身，瞪著高大男子。

氣氛驟冷，兩名黑衣男子彼此對看了一眼。

彷彿馮教授根本就不存在，高大男子看著電腦螢幕，自顧說：「連續用了幾個關鍵字搜查硬碟，我發現D碟的文件檔裡，有個叫極限民主黑洞引力理論的學生作業，跟這姓馮的論文投稿非常接近。」

「你說……你說什麼？你有什麼權力亂動我的電腦！」馮教授簡直要大叫了。

不理會馮教授，削瘦男子還是一張撲克臉，問：「非常接近是什麼意思？」

高大男子還是抓著滑鼠，說：「我大致看了一下，這姓馮的在論文裡多寫了太多廢話，原始文本的作者應該是個叫林彥廷的大學生，交大土木系三年級。」

「土木系……土木系……如果是學生宿舍的話，需要緊急調派更多的人力。」

削瘦男子喃喃思索著，沒有注意到同行的高大男子正盯著電腦螢幕，眼眶慢慢泛紅。

馮教授氣急敗壞，大叫：「請你們出去！」說著說著，一手用力打開門。

只見門外站了十幾個身穿黑色西裝的「特派員」，個個都戴了張撲克臉。

「……」馮教授腦中一片慘白。

這是什麼意思？

「我們的確要出去了。」削瘦男子將筆記本闔起、放入懷中，慢慢起身道：「你也是，馮教授。請你務必跟我們走一趟，配合後續調查。」

十幾張撲克臉魚貫走進，開始將研究室裡的所有東西逐一拍照、打包裝箱。而至關重要的電腦則被拔掉電源，放進特製上鎖的鐵皮箱裡。

「憑什麼？我犯了什麼罪！你們用什麼名義……」

馮教授面無人色，無數糟糕透頂的想法一下子漬滿了整個腦袋。

猛然一振，想起幾齣警匪電影裡的畫面，馮教授說道：「對了，我要看搜索票！沒有搜索票休想……什麼都休想！」

「這個算嗎？」

削瘦男子伸手拿出證件時，恰好露出掛在衣服深處的手槍。

馮教授看著所謂的證件，一張白色名片上印著六個黑色大字：

**緊急處理**
小組

沒有職稱，沒有幹員姓名，沒有連絡方式。

甚至沒有任何國家單位的徽印。

就只有這前不著村後不著店的六個字，彷彿是自己高興隨便印出來的。

但，馮教授可笑不出來。

「我……我的基本權利呢？我要求律師到場！」馮教授揉著掌心的冷汗。

雖然他根本不認識什麼律師，也從不認爲自己該認識什麼律師。

但要他束手待斃，那是一點也不！

削瘦男子冷冷地看著馮教授，緩緩宣佈：「從你收到這份學生作業的那一秒起，你就喪失了這個國家賦予你的所有權利。從現在起，沒有任何法律可以保護你，沒有任何制度可以保障你，沒有任何公民可以合法支持你。」

「爲……爲什麼？」馮教授腳底發冷。

「因爲你期望公開發表的，是一個意在摧毀現有體制的理論。」

馮教授胸口宛遭重擊。

「有勞了。」高大男子鼻頭一酸，拿出手銬。

門打開。

自由終結。

## 四、

住在交大老舊八舍的大學生們，從來沒有看過這種陣仗。

二十幾台沒有牌照的黑色廂型車將整個八舍圍住。

穿著黑色西裝、戴著黑色墨鏡、腰際配著黑色短槍的陌生人魚貫湧進宿舍，短短幾分鐘之內，就用最簡單的方式控制了整整四層樓。

每間宿舍門口都站了一個「緊急處理小組特派員」，每個人的臉色都沉重到像打十六圈麻將都沒胡到一次牌。

個別控制住單一房間的特派員首先沒收每個住宿生的手機，並剪斷所有宿舍電腦的網路線，把正在睡覺的學生叫醒坐好，強迫洗澡洗到一半的學生帶著一身泡沫回房間點名。

「不會吧！又來查mp3了！」大家面面相覷。

「他媽的咧！快刪檔案！」不知道誰先大喊。

除了虛僞矯飾，知識份子還是最容易集體恐慌的動物。

這些大學生開始衝進房間裡刪掉非法下載的檔案，甚至不惜格式化整顆硬碟毀屍滅跡。但這些慌慌張張的小動作很快就被控制住，因爲特派員捲起袖子，直接將幾個趴在電腦前的學生抓起來掄牆。

「好痛！痛死我了……」

「我的牙齒！我的牙齒！」

「搞什麼啊……我告死你們！」

撞暈就算了。繼續唉唉叫的話，就抓起來掄到發不出聲爲止。

但大學生裡有的是白目，不是每個人都那麼好應付。住在四一五室一個身材壯碩的游泳校隊隊長正在跟女朋友講手機講到一半，根本不想搭理特派員強制沒收手機的要求。

「幹，你算老幾？警察了不起！」隊長瞪著特派員，挺起結實的胸肌。

！

特派員一拳揍斷隊長的鼻子，還用擒拿手扭斷隊長拿著手機的那條胳臂。

一瞬間慘呼聲響徹雲霄，爲宿舍管理確立了新的典範。

「這是怎麼回事啊？有人報案宿舍裡有炸彈嗎？」一個住宿生逗趣地說。

「來了這麼多人，報案的腦殘一定說是核子彈啦。」另一個室友打哈哈。

守門的特派員一言不發走近，不由分說就朝兩個人的脖子各來一記斬擊。

沒有慘叫，只有瞬間跪在地上的撞擊聲，喉嚨的痙攣令他們快無法呼吸。

沒有住宿生知道發生了什麼事。

就連那些特派員也只是得到了上級指示，不惜一切代價貫徹封鎖宿舍、全面噤聲的任務。若出了任何紕漏，大家就得接受跟「犯罪者」同樣的命運。

奇怪的是，平凡的交大八舍看似發生了驚天動地的大事，但現場不見一台ＳＮＧ車，不見一個記者，只有數百顆摸不著頭緒、又不爽到死的腦袋。這對連用肚皮吸住磚頭的老人都可以霸佔電視新聞二十秒的台灣來說，真是匪夷所思。

削瘦男子站在宅氣沖天的一一六室，漠然看著正在網路芳鄰裡抓Ａ片的阿胖。

兩個特派員連問都沒問，一進門就將彥廷書架上的教科書、小說、漫畫、ＣＤ收藏取下，裝進紙箱裡封好。

彥廷賴以維生的電腦，也受到馮教授同樣的待遇，封印進上鎖的鐵皮箱裡。

「……」阿胖目瞪口呆。

手機響起，削瘦男子按下通話。

「是的，長官。我們已經控制了整個八舍，不過林彥廷現在正好不在宿舍，我們正在盤問他的室友。」削瘦男子語氣恭謹，臉色卻紋絲未變說：「是，沒有問題。一切請您放心。」

聽到這種談話內容，阿胖心中惴惴：「該不會是彥廷在網路上想用身體幫助失學少女的心願，終於被警察釣魚釣到了吧？靠，不過警察來了這麼多，彥廷肯定是做了更恐怖的事，難道是……盜賣線上遊戲的虛擬貨幣？還是寶物？」

結束通話，削瘦男子又冷冷問了一次：「林彥廷現在人在哪？」

「……應該是去還漫畫了吧？」阿胖想不出彥廷還會去哪裡。

「哪裡的漫畫店？」

「清大夜市裡的漫畫店就兩間啊，清大租書坊跟梅竹租書坊啊。」

削瘦男子轉頭，對站在門外的特派員下達命令：「你，跟你，去清大租書坊、跟梅竹租書坊逮捕罪犯林彥廷，順便請那兩間漫畫店的店員調出林彥廷曾經租過的所有漫畫清單。立刻去！」

「是！」兩名特派員轉身就走。

這下阿胖簡直嚇呆了。

彥廷那臭小子肯定是殺了人，這下子要被《蘋果日報》畫成犯罪示意圖了！

「朱信豪同學，你跟彥廷住在一起多久了？」削瘦男子又拿出筆記本。

「從大二開始吧。」

「吧？」

「大二。大二上學期。」

「平常都聊些什麼？」

「就……打屁啊？」

「最近有沒有聽林彥廷說過什麼奇怪的話？」

「奇怪的話？」

「例如想打倒什麼還是推翻什麼？」

「蛤？你在說什麼我聽不是很懂。」

削瘦男子停下筆，什麼話也沒說。

就只是冷冷看著阿胖。

阿胖的手臂頓時起了雞皮疙瘩。

「沒有，沒有聽他說過什麼奇怪的話。彥廷平常就是坐在電腦前打怪，除了打怪跟抓檔，我們沒有其他話題。」阿胖正經地說。

「嗯，請列出彥廷平常來往頻繁的朋友名單，不管是同系、社團、網友還是喜歡的女生，把你知道的都詳實寫下來。」削瘦男子將筆記本連同鋼筆一起遞給阿胖。

他的語氣不帶嚴厲，卻有一種讓人不由自主屈服的強制性。

阿胖的神智來不及反抗，甫接過紙筆，立刻就寫了一整頁。

正當阿胖忙著出賣朋友時，彥廷在宿舍裡的所有東西已被清光光。

連床單棉被跟沒洗的內衣褲都給搬空。

削瘦男子的眼睛可沒鬆懈，一直盯著阿胖滿桌子充滿霉味的圖書館藏書。

情緒緊繃的阿胖總算告發完畢，將筆記本闔上，還給削瘦男子。

「你有修這學期馮教授開的民主政治演化史嗎？」削瘦男子隨口問。

「有啊。」阿胖愣愣說道。

「抓起來。」削瘦男子轉身。

阿胖跳了起來，漲紅了臉：「幹嘛抓我！我只是一個普通的宅男啊！」

削瘦男子看著屬下將阿胖扣上手銬，說：「思想犯的傳染途徑不明，就算你現在還很普通，也不能保證你永遠都很普通。況且你跟思想犯相處這麼久，只要錯誤思想的種子曾經埋下，某年某日還是會在你的腦袋裡開花結果。」

阿胖說不出話來，只有任憑褲襠熱溼一片。

削瘦男子收好筆記本，拉了拉領帶。

「要怪，就怪你失去自由的現在，無辜得太普通了。」

## 五、

租書店昏暗的日光燈管下，加上一杯珍珠奶茶，自有慵懶的氣氛。

彥廷坐在半邊塌陷沙發上看著第三遍古谷實的《去吧！稻中桌球社》。

不，是第四遍。

有人說，大學是知識的殿堂。

但是對彥廷來說，大學不過是一間偶爾沒有熱水的宿舍……

加上一台電腦，加上一隻滑順的滑鼠。

對於將八成時間花在看漫畫跟打怪這檔事，彥廷覺得再自然不過，只要能夠低分趴過每一個學分就能混在畢業紀念冊裡。所謂的人生報酬莫過於此。

今天要不是碰巧考了高分矇了一間好大學，彥廷的綽號肯定是廢物。

就跟其他一百萬個廢物的綽號一樣。

但廢物又怎樣？有人規定廢物不能是一種生存狀態嗎？

看著古谷實漫畫裡的一個又一個廢物，彥廷不禁咧出微笑……

比起這些廢物，自己好像還稍微上進了點。

「林彥廷嗎？」

兩個面無表情的黑衣人站在彥廷前面。

放下漫畫，彥廷抬起頭。

心想：挖靠，這兩個人的架式好像在哪裡看過！

「有什麼事嗎？」彥廷張大嘴，等於承認了。

一個黑衣人伸手抽走了彥廷手中的漫畫，隨意插在一旁的牆上。

另一個黑衣人則輕輕按住彥廷的肩膀，微微提力。

就像是魔法，彥廷不知怎地站了起來，雙手一瞬間多了副手銬。

「請你跟我們走，不要有任何企圖抵抗的動作。」黑衣人甲冷漠地說。

「可以少點皮肉痛。」黑衣人乙拿起手機，向另一頭的長官報告了狀況。

彥廷呆若木雞，突然觸電般驚道：「啊！我想起來了！」

「？」黑衣人甲皺眉。

「『駭客任務』！你們在cosplay『駭客任務』裡的電腦人對不對！」彥廷衝口而出。

都已大禍臨頭，這小子還在胡說八道什麼啊？黑衣人甲皺眉。

「走。」黑衣人乙闔上手機，說：「長官要我們這邊直接一台車送他到約定點，免得節外生枝。」

彥廷就這樣被押出了租書店，粗魯地給扔進了停在馬路中間的黑色廂型車。

黑衣人乙負責開車，黑衣人甲則坐在彥廷對面，兩隻眼睛漠然瞪著這個還不知道自己已犯下滔天大罪的死大學生。

車子發動，駛進車水馬龍的光復路。

很快就上了高速公路。

彥廷瞪著黑衣人甲，又看了看駕駛座上的黑衣人乙。

「喂，我說兩位電腦人，你們是哪個單位的，幹嘛要抓我？」

「……」黑衣人乙。

「你們是警察嗎？還是國安局？軍隊？」彥廷迷惘：「還是祕密宗教？」

「閉嘴，我們奉命不能跟你交談。」

「你在說什麼東西啊？就算被抓，想知道個理由也很合理吧？例如你們發現我在夢遊時不小心殺了人，還是我抓了太多廁所偷拍的A片，不管多扯也好，總得有個理由吧？」

「……如果你再不閉嘴，我會讓你連話都說不出來。」黑衣人甲威脅。

其實，黑衣人甲的心裡也感到強烈的好奇。

爲什麼一個看似廢物的普通大學生，會動員到整個緊急處理小組？

爲什麼自己的上衣口袋裡，會有一劑可以快速令人昏厥二十四小時的藥水——而這個藥水，居然要奉命視狀況用在這個看起來對誰都無害的宅男？

「你寫了一篇非常危險的期末作業。」

黑衣人甲一驚，轉頭看著正在開車的黑衣人乙，那眼神好像正咆哮著……不是說禁止跟極度危險的思想犯多做交談嗎？

只見黑衣人乙看著後照鏡裡的黑衣人甲，慢慢又開口說：「這裡沒有別人，難道你一點都不好奇嗎？」

「……」黑衣人甲不置可否，試圖忽視手心裡的汗水。

「你說，我寫了一個非常危險的期末作業？」彥廷忍不住笑了出來：「你的意思是，你們的組織……是國家吧……難道國家爲了極限民主黑洞引力理論把我銬起來？」

「是X理論。」黑衣人甲。

「什麼X理論？我寫的是極限民主黑洞引力理論，你看，弄錯了吧！快鬆開我，不然我一下車就要叫記者喔！」彥廷盡量保持嘻皮笑臉。

「……不管你寫的東西叫什麼名字，你都是高度危險的思想犯。」黑衣人甲。

危險？思想犯？

彥廷感到荒謬，這一定是失控了的惡作劇。

「思想犯？這中間一定有誤會，那明明就是一篇白痴的期末報告，難道國家要指控我要白痴嗎？要指控我亂交報告嗎？哈哈哈哈哈，那個期末報告我前幾天才剛剛寫完，印象還清晰得很，我說給你們聽，你們看看到底哪裡危險了！」

一聽到這個思想犯要論述他的思想，黑衣人甲快速從懷中抽出昏厥藥劑。

「所謂的民主政治的極限，就是——」彥廷故意大叫。

就只是這一句，第一句，黑衣人甲手中的昏厥藥劑硬生生停在半空中。

這……

這是……

黑衣人乙情不自禁放慢了車速。

「請繼續。」

# 六、

二十分鐘後，廂型車已停在交流道路旁，一個生意慘澹的檳榔攤前。

「嘖嘖，果然是第一危險的思想犯。」黑衣人乙低頭苦笑：「我們似乎聽了不該聽的東西。」握緊方向盤的雙手早已溼透。

「你也是跟我一樣的想法嗎？」黑衣人甲嘆氣，不去擦拭臉龐的兩行熱淚。

彥廷呆呆地看著這一幕。

這兩個電腦人腦袋一定有毛病，怎麼聽了超白痴的期末報告後，會掉眼淚？

「逃走吧。」黑衣人甲用崇敬的眼神看著彥廷，解開手銬。

省下困惑，彥廷又驚又喜。

「不，革命吧。」黑衣人乙看著後照鏡。

「革命？」黑衣人甲一震。

「革命！」彥廷嚇了一大跳。

「曾幾何時，我們成了我們理想中最想對抗的人。與其逃走，不如將X理論散佈出去，點燃這個世界的光。」黑衣人乙堅定地說：「如果是X理論，一定辦得到。」

……是極限民主黑洞引力理論，一臉尷尬的彥廷很想這麼說。

但算了。

「對！X理論一定能點燃這個世界的光，此刻的我感覺到身體充滿了大無畏的勇氣。」黑衣人甲的熱淚再度滾落，激動不已：「就讓我們跟隨先知，一起發動人類史上最有意義的革命！」

先知！

「喂，我……」彥廷臉紅。

「不，你帶著先知逃走吧。」黑衣人乙大義凜然道：「你懂的，我必須冒險將Ｘ理論帶進緊急處理小組裡，偷偷從中散播。」

「你……」黑衣人甲握緊拳頭。

「蝦小？」彥廷的頭歪掉。

「只要組織內部多一個人知道這個理論，緝捕你們的力量就少一分。你們在外面快速將Ｘ理論推廣出去，一定會獲得空前熱烈的支持。屆時這個國家，不，這個世界就不能再假裝Ｘ理論不存在，不得不面對這場革命！」黑衣人乙越說越激動。

黑衣人甲哽咽：「我們一下車，就找媒體做ＳＮＧ。」

「不，媒體一定接到了全面封鎖的指令。」黑衣人乙握拳，激憤不已：「你們此去無疑自投羅網，一定得從長計議……」

看著兩個虎目含淚的電腦人在那邊鬼扯來瞎扯去，彥廷完全不知道該說什麼。

——如果小聲罵他們白痴，好像很污辱他們現在的感動？

討論了很久，車門打開。

黑衣人甲恭敬扶著滿臉尷尬的彥廷走下車。

引擎再度發動。

黑衣人乙用從容就義的豪爽表情看著彥廷，說：「先知。」

「不要叫我先知，聽起來很容易死掉。」彥廷感覺很彆扭。

「如果我犧牲了，將來新世界的歷史教科書上，可別忘了第一個革命烈士的名字。」黑衣人乙淡淡地說：「我叫，顏永欽。」

「……」彥廷很傻眼。

黑色廂型車瀟灑離去。

留下一個很會打怪的先知，跟一場試圖萌芽的大革命。

## 七、

看著三輛澆滿汽油的廂型車，削瘦男子將嘴邊的香菸慎重其事擰在上頭。

火舌蛇竄。

一聲爆響，腥臭的火焰沖天。

幾十名特派員看著熊熊火焰，面無表情地弔祭著滿車烤焦的蛋白質。

這些大學生，錯就錯在住在錯的宿舍裡。

「……」削瘦男子看著錶。

七號跟八號已經失聯了半個小時。

「剩下的，就是等思想主犯一到，就將他移送到黑老大那裡，讓黑老大親自審訊就行了。」高大的黑衣男子看著記事本上的流程，任熊熊的火光瞬間蒸發他眼珠上的淚水。

高大男子跟著削瘦男子處理這種事，已經不是第一次了。

早在白色恐怖時期，還是少不更事的他就祕密處理過好些黨外人士。

說來好笑，現在還能在電視上大放厥辭的那些民意權貴，都是當年的二流角色，被緊急處理小組列爲暫緩處理的殘羹剩飯。因爲二流才活了下來。

眞正的思想犯都在第一時間給燒成了灰，連送綠島做做樣子都省下來了。

想來眞是諷刺。

極權走了，民主來了。然而不管如何改朝換代，都需要像高大男子與削瘦男子這樣的人——這種熟練將手弄髒、漂白國家的人。

他們沒有什麼理念。

他們甚至不需要知道思想犯到底做了什麼事……雖然那些所謂的思想犯通常沒有想過去做什麼，只是想錯了差池。

那些人間蒸發的命令更不是他們決定的。這樣很好，什麼都不想，就是對抗思想最有效的壓制。

民主思潮席捲這個小小島國後，下台的下台，囚衣變錦衣，執政換了顏色，人民裂成兩邊或裂成碎塊，沾了權力的人終究還是沾了一手屎。

是的，就是屎。

民主並沒有帶來解決社會問題的實質方案，只是重新分配了誰可以大肆抓屎、而誰被扔得滿頭屎，不管是誰扔誰屎，最後滿地都是屎。

這其中最苦悶的一點，莫過於這些屎都是信賴民主可以帶來希望的眾人所排泄的，怨不得那些拾屎扔屎與滿地屎。

但現在，高大男子只不過看了一遍X理論的眞正原稿，卻像突然看到了光。

像是，突然有了信仰。

爲了這道光，爲了這個信仰，高大男子願意用所有的生命侍奉它，直到這道搶眼的光崩毀了脆弱不堪使用的民主。

直到理論變成了實踐，光蓋大地。

「一定。」

高大男子心中默默發誓，待會七號跟八號押送「先知」會合後，自己一定要親自盯住先知，尋找幾乎不可能存在的縫隙，保護先知安然逃離這個島。

即使殺死同伴也在所不惜。

終於，最後一輛黑色廂型車姍姍回來。

八號兩手空空下車，腳步踉蹌，像是受了傷。

所有特派員面面相覷。

「思想犯呢？」高大男子皺眉，胸口卻是怦怦怦怦地跳。

「逃走了。」八號屈膝跪地。

他神色痛苦，一手按住腰間不明的傷口。

「逃走？」高大男子握緊拳頭，彷彿在八號的身上看到了異樣的共鳴。

「……」八號流著冷汗，逐字辛苦道：「那個思想犯不知道在後座跟七號說了什麼，七號突然用槍脅迫我停車，並搶走了我的手機。」

原來如此。

「辛苦你了。」

削瘦男子掏出黑槍，當眾朝八號的腦袋扣下扳機。

發燙的彈殼脆落地面，旋轉在四濺的血泊上。

「不用問你是不是同樣接受了思想犯的荼毒，光是任務失敗，就該挨這一槍。」

削瘦男子將槍收回懷中，看著其他特派員在八號身上澆上汽油。

新火一起，削瘦男子與高大男子立刻回到車上。

「長官，思想犯在七號的協助下逃走了，狀況持續三十至四十五分鐘。」削瘦男子在手機中報告：「……是，我們將進行全面封鎖。」

高大男子面無表情地翻著手中的筆記本。

削瘦男子掛上電話。

「我在想一件事。」削瘦男子。

「？」

「七號多半聽了思想犯談論X理論，才會萌生叛意。」

「很有可能。」

削瘦男子迅速伸手入懷，對著身旁的高大男子就是一槍。

高大男子歪頭斜倒，灼熱的子彈在車廂內霧出了一片紅。

「……」削瘦男子拿起手機。

八、

掛上電話。

黑老頭坐在房間裡，看著從馮教授硬碟裡存取出的X理論原始版本。

不過是一張半A4大小的文字檔，八百七十二個字的學生期末作業。

不過如此。

不過如此。

黑老頭到現在還無法停止顫抖。

「是遇見了什麼樣的人、遭遇了什麼事、看過了什麼樣的書，才會讓一顆平凡的腦袋想出比一百萬顆原子彈還要有威力的想法？」黑老頭呆呆地看著桌上。

桌上有五份清單。

第一份，已經在幾分鐘前燒成了焦炭。

第二份，逮捕行動持續進行中，並將蔓延擴大。

第三份，詳細列出了思想犯書櫃裡的教科書、小說、音樂CD與漫畫的名稱。

第四份，鉅細靡遺調出思想犯在租書店借閱漫畫與電影光碟的名稱。

第五份，印出思想犯在網路瀏覽器中加入的「我的最愛」網站捷徑。

「……」黑老頭將臉埋在失去彈性的雙手裡。

話說，當年「民主政治」初次降臨到小藍星的一瞬間，幾乎引起所有人一致的掌聲與喝采，無數革命以自由民主之名展開，無數高壓極權的政府遭到推翻。

毫無疑問，民主是目前為止最適合人類控制人類的集體管理方式，而崇尚自由更是人類與生俱來的嚮往。

而民主，也眞正改善了一個世紀來人們的生活。

當一件事物美好到毋庸置疑的境界，它便無法眞正美好到毋庸置疑。

反民主的種種思潮在知識份子的批判道統中一一誕生了，這些質疑民主的聲音不外乎：民主制度常面臨犧牲專業訴諸民粹的危險、多數人的決定常常是壓迫少數者的集體暴力、代議制坐實了少數菁英統治權的合法性。

但這些所謂的弊病，不過是人性缺陷上的一種必然，對於民主體制本身來說依舊是瑕不掩瑜。再怎麼雞蛋裡挑骨頭，大家都還是很喜歡吃雞蛋。

然而，X理論遠遠不是那樣的格局。

從第一句大破題開始，原始的文件裡的每一個字都充滿了爆發力。

X理論不僅具備了強有力的精神主張，亦充滿了高度的實踐精神，與可能性。終結權力差距。

終結財富不均。

終結不義。

終結戰爭。

更重要的是，終結意識形態的對抗。

所有看過X理論的人都會同意，比起各自表述的民主政治，X理論擁有百分之百的壓倒性勝利。

從此，再也沒有人權問題。

因爲所有人都將獲得完全的解放。

不再有壓迫，不再有管制。

因爲實踐壓迫與管制的階層將失去所有壓迫與管制的理由。

唯一能夠從上個世代繼續生存下來的，大概只剩家庭跟貨幣了吧。

「這……這不是一個概念！甚至不是一個理論……這是一場貨眞價實的革命！」

黑老頭看著電腦螢幕上的X理論畫面，流淚，卻又咬牙切齒。

多麼矛盾的心情。

黑老頭沒名沒份，無官無職，只有一個權力無限上綱的緊急處理小組，一生專為飽滿權力的大人物做事，以國家之名剷除無數異議人士。

說黑老頭是黑色世界的地下司令也不為過。

可黑老頭早就厭倦。

那些大人物一手拍拍他的肩膀，告訴他，他所做的一切對國家有多重要；另一手，卻在暗處鄙視著他的骯髒齷齪。老祖宗杜月笙說得好，上面的人當黑道是尿壺，需要時拿來用，不用時嫌惡至極。

黑老頭不是黑道，而且比黑道還黑道。但道理還是通的。

現在，有一場革命盤根在某個人的腦袋裡。

隨時都準備在兩千兩百萬個腦袋裡同時爆發出來，然後感染全世界。

一切一切，只要黑老頭當作沒看到它就行了。

黑老頭那爬滿斑點的手指如負千斤，遲緩地按下通話鈕。

嗶。

「傳令下去，通知立法院跟新聞局火速制定新的漫畫分級條例，不管是涉及色情還是渲染暴力都好，將這幾本小說跟漫畫都插上幾個名目，全面下架，禁止販售。」

「是。」

「再來，三天之內，用涉嫌剽竊或唱錯歌詞的名義全面回收那些音樂專輯，請唱片公司重新填詞、重新錄製，不然就直接讓那些作詞作曲跟歌手出點意外吧。如果是國外的音樂，那就另立名目回收銷毀。」

「是。」

「至於網路……」

像是本能，黑老頭對著空無一人的按鈕繼續下達命令。

一輩子居住在黑暗的人，一旦看見了光。

或許，只有選擇繼續閉上眼睛了。

# 九、

今夜，還很漫長。

彥廷跟七號在烏漆抹黑的小巷裡走著，手裡提著冒險從便利商店買出來的補給品。七號一直疑神疑鬼地東張西望，不停確認有沒有人從後跟蹤。

這中間彥廷不是沒有想過拔腿就跑，只是七號對自己近乎病態的崇拜，讓彥廷有點摸不著頭緒。

這種感覺很荒謬，也很新鮮。

如果這是一場遊戲，那麼，接下來還會發生什麼事？

彥廷暫時還不想離開。

大部分的時間，彥廷都在懷念自己存在電腦硬碟裡那高達120G的「女朋友」……如果天大的誤會解開，事後，那些仔細研究過他電腦的政府官員一定會狠狠虧他一頓吧，他心想。

「我不懂，爲什麼不能用假名舒舒服服投宿旅館？」彥廷感到好笑。

「緊急處理小組多的是方法找出我們的落腳地，平常的辦法完全保障不了先知的安全。」七號壓低頭，同時壓低聲音說：「先知，你的頭仰得太高了，你可能沒有注意過，我們的國家到處都有人睜大眼睛盯著，不管是騎樓、大樓、還是大街小巷裡都掛滿了監視器。」

「是喔。」

「在我們大張旗鼓革命之前，凡事低調，也得低頭。」

說的也是，彥廷吐吐舌頭。

遠遠看見巷口出處停了輛正在攔檢酒後駕駛的警車，七號當機立斷，帶著彥廷從小巷鑽進一旁窄小的防火巷。

兩人貼著牆壁，走得可狼狽。

「現在不是民主時代嗎？言論自由不是很平常的事嗎？」彥廷很不以爲然，鼻子都快磨到牆壁了：「用嘴巴放屁的立法委員那麼多，教育部長惡搞成語也沒事，我說，你們是不是想太多了？」

「先知，從現在開始，沒有什麼理所當然的事。」七號嘆氣：「我們的處境非常危險。」

「的確非常危險，如果我的電腦被格式化了，我一定會哭到不行。」

好不容易，兩人鑽出防火巷，暫時坐在一間打烊的國術館前休息。

七號確認過，路燈上的監視器視角正好被一台廢棄的攤販車給擋著。

偷得了片刻從容，彥廷試著享受冒險的荒謬感。

「對了，不要叫我先知，我不是什麼先知。坦白說我寫的那個極限……X理論，也不是什麼驚世駭俗的東西，只是一個瞎掰出來的期末作業，你們的上級很快就會發現這是一場誤會。」彥廷樂觀地啃著茶葉蛋，說：「到時候一切都會沒事的。」

「如果眞是那樣，先知的朋友們又怎麼會……」七號說到一半，突然住嘴。

彥廷愣了一下：「……你說，我的朋友怎麼了？」

「很抱歉。」七號低頭，看著冷掉的肉包子：「他們現在大概已經被處決了。」

「……」彥廷震驚：「你該不會是爲了逼我陪你革命，隨便唬我的吧？」

「在你看漫畫的時候，整個交大八舍都被抄了，當時我也在場。」七號不敢轉頭看彥廷的表情，只能實話實說道：「緊急處理小組接到命令，除了務必活捉先知回總部審訊，其餘相關人等一律在六小時內人間蒸發。」

「這……」

兩個人許久未語，茶葉蛋一直停在半顆，肉包子也持續冰冷。

不知道是怎麼開始的，七號自顧自說起緊急處理小組的業務範圍，告解似地。

彥廷的腦子裡，則快速重新組合對這個世界的認識。

「現在唯一能安慰他們在天之靈的，就是實踐X理論燦爛的革命。」七號嘆氣。

「在我弄清楚你說的是真的還是假的之前，我就陪你玩一下吧。」彥廷捏碎茶葉蛋，兩隻眼睛佈滿血絲，說道：「不過，從現在開始，都要照我的方法來。」

七號點點頭，某種程度也鬆了口氣：「是，先知說的對。我的思惟長久受到緊急處理小組的訓練，這點他們一定會好好利用來圍捕我們。先知，還是請你指引我革命的路線吧！」

這種讓人喘不過氣的爛氛圍，眞像是漫畫《二十世紀少年》。

「對他們來說，首要之務是什麼？」彥廷看著地上的影子。

「莫過於逮捕先知。」

「那麼，你原本的應變之道呢？」

「我想等天一亮再安排先知偷渡出境。出境後再想辦法向全世界發聲。」

「如此說來，現在港口一定都站滿了海巡，我們一出海，就會被抓。」

「……必然如此。」

「換個角度思考，如果他們認爲就算殺掉我也無濟無事的話，我就暫時得救了。」

「……」

彥廷霍然站起：「走吧，趁我還能背出X理論的時候。」

十、

煙霧繚繞的網咖裡，到處都是打怪的兵器交集聲、怪物的慘叫聲。

彥廷用最快的速度默背出他的極限民主黑洞引力理論，一字字敲在沾滿菸垢與鼻屎的鍵盤上。

有句話說得好：「If you risk nothing, then you risk anything.」

現在就是那句話的情境。

「網路裡，有最暴力的言論自由。」彥廷喃喃自語：「在二十一世紀裡，根本不可能阻止任何人說任何話，只要他的身邊有一條網路線。」

坐在隔壁的七號冷靜地觀察網咖內外的動靜，內心對先知佩服不已。

大致寫好後，彥廷反覆看了兩次。

刪減一些雜訊般的贅字，開始思考該將這篇「據說足以殺死他所有親朋好友的怪誕理論」在哪裡首發，最有爆炸力？

台大ptbbs站的Hate板？無名小站？奇摩知識？還是用群組寄電子信件？

不，絕對不能用群組寄信，那會害死很多好朋友。

正當彥廷猶豫不決時，憤怒的幹罵聲突然在網咖此起彼落，幾個非善類用力拍打電腦螢幕，更有人大聲慘呼快要到手的寶物就這麼飛了。

彥廷心中有股不祥的預感，移動滑鼠，網路果然全面斷線。

「換間網咖！」彥廷緊抓著滑鼠。

「先知……」

此時一陣劇烈的天搖地動，網咖裡頓時聒噪起興奮的大叫聲。

……地震。持續了十多秒的地震。

「我說換間網咖！」彥廷站了起來。

「是。」

半夜裡，彥廷與七號連續換了三間網咖，都是處於斷線的狀態。

一踏進第四間網咖，裡面除了老闆空無一人。

「今晚不用打怪啦！」老闆看著電視，冷冷道：「中華電信剛剛宣佈，因爲強烈地震的關係，他媽的海底光纖纜線受到嚴重傷害。發言人還說，台灣將會失去網路三天到一個禮拜啊！這下生意難做啦，不知道可不可以申請國賠……」

彥廷倒抽一口涼氣，轉身就走。

「連地震都能製造出來嗎？」彥廷看著憤怒的影子。

「應該是巧合。」七號胡亂猜測：「如果沒有碰巧來的地震，緊急處理小組也會找出其他的理由關閉網路，只能說，這次他們找到了好理由。」

「說不定在地層引爆幾噸炸藥，就可以製造出地震的效果。」

彥廷一腳踹向空氣，卻沒有打倒任何敵人。

「眞不愧是先知。」

「……」

「話說回來，眞不愧是X理論，緊急處理小組竟然用這種方式斷掉網路。」七號燃起更強烈的希望，緊握雙拳說：「這也是理所當然的，是吧！是吧！」

前面又有警車經過，兩人往左鑽進了冷清的小巷。

彥廷開始用漫畫裡的陰謀論思考這個現實世界。

左手伸進口袋，拿出曾被沒收的手機。

無訊號……果然。

這下想簡訊傳給陌生人群組的念頭，立即灰飛煙滅。

「地震也連同基地台一起摧毀了嗎？」彥廷將手機丟進垃圾桶，用力笑了一聲：「現在拿起公共電話，應該連嘟嘟聲都聽不到吧。」

「是的，這是最緊急狀態的第三級應變。」七號想起了手冊的紅頁內容。

這下子，終於被逼到絕境了嗎？

彥廷停下腳步，看著遠處十字路口上的酒吧。

「走！」

十一、

考考你。

儘管考。

從古至今，自東而西，不論歷史如何變遷，制度如何更替，不論是大帝國或是小城邦，這些國家的領導階層都是用哪一種方式管控他們的子民？

答案是：恐懼。

人們會因爲恐懼而依賴政府。

要得到民意，與其制定好政策，不如讓大眾恐懼。

找到敵人，就能找到支持。

曾有個出名的怪異實驗。

科學家將兩隻猴子關進一個空房間，在地上放了一串香蕉，只要其中之一的猴子走近拿起香蕉，科學家就用電擊棒狠狠攻擊兩隻猴子，痛得牠們不敢接近。

爾後，科學家又放了第三隻猴子進去，再將一串香蕉放在地上。可以想見當第三隻猴子伸手去拿香蕉時，根本不需要科學家掄起電擊棒，最初放進去的那兩隻猴子爲了自保就揍了第三隻猴子，於是第三隻猴子就不敢再動香蕉的腦筋。

後來房間放進了第四隻猴子，牠一想拿香蕉，就被前三隻猴子揍了個痛快，於是牠也不敢再動香蕉的腦筋。

之後，當放進第五隻猴子時，科學家將一開始丟進去的那兩隻猴子抓出來。而NO.5的猴子喜孜孜想伸手拿香蕉時，卻被NO.3跟NO.4的猴子聯手痛扁了一頓……

嘗過電擊棒滋味的猴子離去了，剩下的猴子依然遵守著「只要拿香蕉，就會被揍」的教訓。從未被電過的猴子不明白這中間有什麼因果關係，只是單純恐懼接觸香蕉後的結果。

科學家不必再用電擊棒威嚇，因爲無法解釋的恐懼已存在猴子的精神底層。

□

不知何時，夜空竟下起雨來。

海岸線全面警戒，探照燈不停確認海面上的異狀。

所有仲介偷渡的船老大都收到了通知，今晚如果接到偷渡的請求若不報警，抓到一律槍斃。

但，這遠遠不夠。

在黑色廂型車上臨時成立的資訊彙整中心裡，削瘦男子面無表情聽著簡報。看過兩名緊急處理小組的特派員如何因爲看了X理論而變節，又看到削瘦男子如此格殺不論，所有特派員都將惶恐轉爲壓力與行動力，將手冊上的管控步驟閃電執行，深怕再不消滅X理論，自己遲早也會被栽贓成X理論的同黨。

到了那時，自己的命不過是一顆子彈的重量。

「長官，已經比對完從遊戲公司跟網路公司調出的思想犯網友名單了，一共是一百二十四名，其中思想犯在魔獸世界的公會網友共六十名，無名小站跟ptt的好友名單共二十四名，無名G板板主一名，表特板的……」一個特派員鉅細靡遺地念著清單上的統計。

「用無線電通知各地的派出所緊急支援，太陽出來前一定要把這些人從床上翻下來。」削瘦男子淡淡地說：「如果漏了一個，將來要擴散逮捕的人就更多。」

「要用什麼名義？」

「恐怖主義。」

「是。」

削瘦男子看著手錶。

網路不能無限制斷線下去，手機基地台跟電話線更不能擺爛超過八小時，否則政府不需要X理論，就會招致強大民怨而垮台。

所有的壞事，都得在陽光出現前結束。

削瘦男子下車，看著山腳下的大台北霓虹燈火。

這麼晚了，思想犯跟七號會跑到哪裡呢？

如果是以前的時代，通緝這區區兩個人實在易如反掌，但現在要顧慮的細節多如牛毛，上頭要面子的人眞不少。

一個特派員跑了過來，氣喘吁吁地說：「報告長官，南區派出所那邊說，街口監視器拍到了疑似思想犯的畫面。」

「……」削瘦男子冷冷地繫好領帶。

# 十二、

久久，沒有人發出一點聲音。

彥廷站在卡拉ＯＫ的台上，拿著麥克風環顧四周，腳邊摔碎了幾只啤酒瓶。

酒吧裡的每個人，眼睛裡都噙著感動的淚水。

他們剛剛聽到的，比他們曾經活過的都要精彩。

他們心中燃起的，比他們過去期待的都要熱烈。

「以上，這就是……Ｘ理論的內容。」彥廷有些靦腆地結論。

所有人，都哽咽地吞下流到嘴邊的眼淚。

「革命吧！爲推翻自由民主而戰吧！」七號拍桌大叫：「別讓政府得逞了！」

所有人一起舉臂喝采，歡聲雷動。

「沒錯——發動革命吧！革命吧！」

「朝聞道，夕死可！我願意獻上我的生命！」

「革命！讓台灣成爲Ｘ理論的起點，將全世界帶進眞正的光明！」

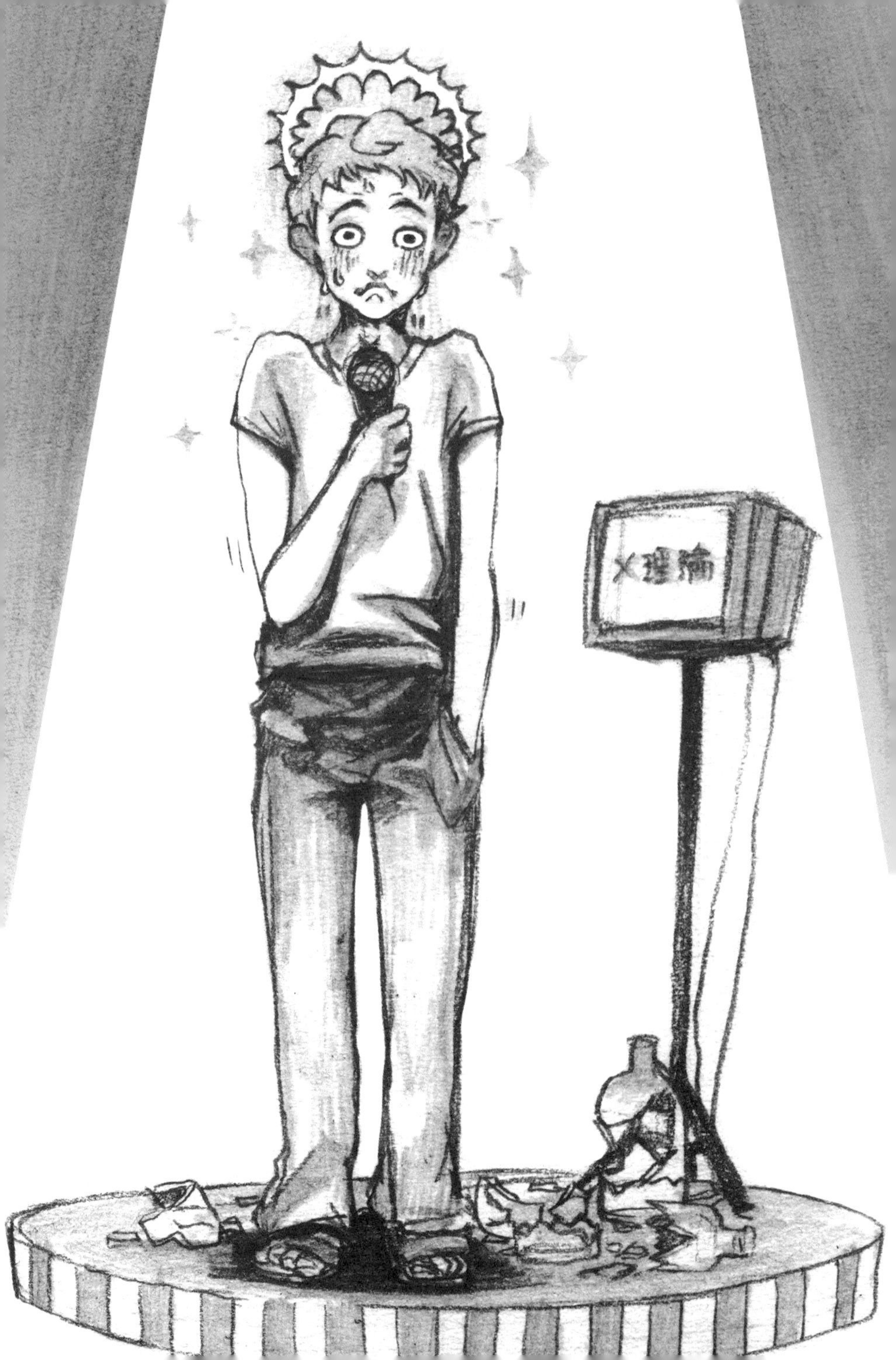
X理論

「讓這間酒吧成爲革命的聖地，在這裡的每個人都是革命的先鋒！」

看著底下的酒客集體陷入瘋狂，彥廷不由自主打了個冷顫。

不管幾次，彥廷都無法習慣這些人爲了他的期末報告如痴如醉。

突然一聲敲碎玻璃的巨響，勉強讓大家住嘴。

眾人不約而同看向櫃台。

「大家靜一靜！關於怎麼革命不能只是大吼大叫，我們還是請教先知吧！」

酒吧老闆放下半只碎玻璃瓶。

大家紛紛點頭稱是。

「沒錯，先知，我們該如何革命？」一個壓低帽子、神祕地坐在角落的客人。

彥廷紅著耳根子，支支吾吾地說：「說到革命這種事，我也沒革命過，也沒想過要犧牲誰的性命，不過我想每個人都有自己的革命之道吧？總而言之就是用最快的速度把X理論傳播出去，多一個人知道X理論就多一份力量，等到有一百萬個人知道，政府就沒辦法把X理論壓下來，那樣的話我的小命就差不多保住了……」

一個彪形大漢第一個舉手，大聲道：「我家隔壁就是立法委員的服務處，明天一早我就去拜訪他，把X理論說給他聽。」

「但這種打倒所有權力現狀的理論，交給立法委員行嗎？」七號不以爲然。

「放心，這個理論可以讓一個政客搖身一變，成為一個引領思潮的政治家，沒有一個立法委員抵抗得了第一個開記者會演說X理論的誘惑！」彪形大漢自信滿滿。

大家掌聲通過。

一個坐在沙發上的美麗女子說：「我是在延平中學實習的老師，明天我會帶著快樂的宿醉去學校，在滿八節的課堂上向學生演說X理論。」

大家哈哈大笑，互相擊掌。

「換我了，我是出版社總編，我明天一早就去把印刷廠老闆給挖起來，包下他所有的機器，要他趕工印出十萬本X理論！」一個戴著黑色膠框眼鏡的中年男子站了起來，激動不已。

「不用印成書啦，X理論其實只是兩張A4……嚴格來說其實只有一張A4，等一下我找張桌子寫一寫，就大功告成。」彥廷臉皮發燙。

「一本也好，一張A4也好，X理論一定會取代聖經成為全世界最暢銷的書，先知你放心，版稅一毛都不會少！」出版社總編舉杯，大家高興地大叫起來。

聽到版稅，彥廷幾乎就要露出驚喜笑容的時候，七號大聲引述X理論中的一句話：「付先知版稅是一種污辱，偉大的思想沒有價錢，真正的文明是共享的！」

此話一出，全場更是high到最高點，彥廷也只好將笑容壓回臉皮底。

「這種時候，我不出馬也不行了。」

大家轉頭，看著那壓低帽子、坐在最角落的那人。

那個神祕的低帽客，竟有點面熟。

「方……方文山！」彥廷驚呼。

低帽客微笑，摘下帽子。

正是得過金曲獎作家作詞人的方文山！

「只是一張A4的話，簡單，我立刻將先知的X理論逐一斷句寫成歌詞，明天就去工作室找杰倫那小子譜曲，新的專輯——依然葉惠美，下個禮拜就要進場壓片了，現在趕工錄一首新歌勉強還來得及。」方文山酷酷地說：「目前新專輯全亞洲預購的量超過二十萬張，一定會讓X理論風起雲湧。」

酒吧裡悄然無聲，因為每個人聽得都呆了。

只見方文山舉起酒杯，微笑說：「改變世界，是最酷的事。」

此時，酒吧正式大暴動，連彥廷都興奮地抓著麥克風大吼「帥啊老皮」！

趁著氣氛沸騰，彥廷立刻在吧台前將X理論重新默寫一次，然後交給七號衝到附近的便利商店影印。

彥廷則在酒吧裡跟每個仰慕者握手、擊掌、擁抱，繼續聽著每個奮不顧身投入革命的人提議自己的革命之道。

二十分鐘過後，革命先鋒七號抱著三百多張X理論衝了回來。

「呼，一切都很順利，便利商店的櫃台工讀生也看了X理論，感動到差點把收銀機摔在地上，現在影印機還在趕印好幾百份，晚一點工讀生會將X理論夾在報紙裡暗中送出去。」七號將成疊的X理論重重放在沙發桌上，興奮道：「大家先將這些影稿分一分，情勢緊迫，分頭行事！」

大家幾乎是用搶的，很快就人手多份。

「革命需要一個口號，先知？」方文山提議，將X理論捲了起來。

口號？

革命果然很複雜，鐵拳無敵孫中山竟然連續革了十次……

彥廷想起了漫畫《二十世紀少年》裡，經典的一句對白。

「口號的話，還請大家聽好了。」彥廷深呼吸。

酒吧靜了下來。

彥廷看著這些義無反顧崇仰自己的群眾，正經八百地說：「普通地活下去也很重要。遇到危險的時候，不要客氣，儘管轉身逃跑。」

大家靜靜地看著這位仁慈的先知，心中感動非常。

「雖然這種口號長到不像是口號，不過……」方文山莞爾。

他將帽子摘下，反手戴在彥廷的頭上，雙手緊握著縐掉的X理論，說：「當下次先知把帽子還給我，就是我們革命成功的時候了。」

烈士們舉杯灑酒，離開酒吧的時候到了。

「帶著X理論與各自的使命，咱們英雄再見。」

# 十三、

離開了酒吧，七號還是滿心喜悅地跟著他的先知。

彥廷抖擻精神，在街上打量著下一個去處。

天還未藍。

以前都是打怪打到天亮，現在卻因偷懶不肯抄書亂寫了期末作業，一個眨眼，彥廷竟變成了革命領袖。

始料未及，不過也許是美好的始料未及。

如果可以活過接下來的二十四小時，革命……大家口中說個不停的那種大革命，說不定真的會成功。

從此老舊不堪使用的自由民主垮台，彥廷成了新版教科書裡的大英雄……

一想到這個可能，彥廷就聽見了自己的心跳聲。

「先知，那我們現在該做什麼呢？」

「附近哪裡還有酒吧，我們就往哪裡走。」

「還要繼續演說嗎？」

「不演說的話，我也不知道該做什麼。」

「恕我直言，如果是緊急處理小組的話，很容易就透過街上的監視器鎖定附近的夜間娛樂場所，實在不宜再冒險。」

「好吧，不過大家都在忙革命，如果我沒事幹的話實在有點說不過去。」

「是。」

彥廷想了想，說：「那我們再去找間便利商店影印X理論吧，等印了個幾百幾千份，再挨家挨戶塞信箱。」

「果然是先知。」七號點點頭。

毫無疑問，這是七號這一生最有意義的時光。

## 十四、

僵硬的氣氛並沒有持續太久。

削瘦男子坐在吧台前，後面站了一排黑衣特派員。

桌上放了一杯壓了張千元鈔的馬丁尼，跟一把填滿子彈的槍。

「只問一次，我要知道在這間酒吧裡發生的事。」削瘦男子看著老闆。

「……」酒吧老闆硬氣道：「殺了我，還有千千萬萬個我。」

削瘦男子慢慢地拿起手槍，慢慢地瞄準老闆的鼻子。

「那我就將千千萬萬個你都殺掉吧。」削瘦男子慢慢瞇起右眼。

腦中一片慘白，老闆的背脊發冷，眼皮猛然抽跳。

削瘦男子慢慢，慢慢，慢慢地扣下扳機。

砰！

老闆含著發燙的子彈，嘴角冒煙，兩眼瞪大呆呆坐下。

後牆淋上龍飛鳳舞的紅。

削瘦男子慢慢轉頭，看著臉色蒼白的酒促女郎。

「只問一次，我要知道在這間酒吧裡發生的事。」

# 十五、

「快！沒有別的事比這件事更重要了，趁天還沒亮，我們先印它個十萬本！每一本共一百頁，每一頁都是一模一樣的X理論。」

「我說老陳，你有毛病啊？半夜叫我起來印這什麼每一頁都一樣的書……」

「每一頁都長得一樣，這樣買到X理論的人就可以隨手撕幾頁給遇到的人，這樣對散播X理論不是非常方便嗎？哈哈！這一生，難得革命一次啊！」

「我不管革不革命，反正你錢還是得照付就是。」

出版社總編拉著睡眼惺忪的印刷廠老大，興致高昂地打開印刷廠的大門。

「……」出版社總編獃住了。

在裡頭等待著他們的，不是希望。

而是兩個穿著黑色喪服的人。

……與兩次沉悶的扳機。

十六、

老舊的公寓三樓。

叩叩。

叩叩。

門小心翼翼打開，露出一條帶鏈的縫。

「請問是張老師嗎?」門外的黑衣人。

「你是……」女人愣了一下，隨即快速把門關上。

但敲門的黑衣人已經伸腳卡住門縫，冰冷的槍管默然探進。

「今天的課取消了。」

門，再也沒有關上。

# 十七、

「好瞎。」

單眼皮的男子打了個呵欠，看著沒有訊號的手機發呆。

「瞎什麼瞎？我告訴你，當明星是一時的，革命才是永遠的。總之你把這張紙好好看一遍，我們一起熬夜把詞曲弄出來，一定……」方文山躺在沙發上，兩隻腳蹺在燈架上講話。

喀喀。

喀喀。

鑰匙孔裡發出異聲，方文山觸電般坐了起來。

音樂工作室的門被打開。

三個黑衣人慢條斯理走進。

慢條斯理掏出懷中的手槍。

慢條斯理在槍管旋上消音器。

單眼皮的男子獃住，還以爲是走錯門的惡作劇。

方文山舉起雙手，冷靜地看著三個黑衣人：「別忙殺我，等你們將桌上的Ａ４紙看過一遍，還想開槍的話也不遲吧。」

咻咻咻。

眞是的。

方文山看著身上三個冒煙的黑孔，有點無奈地爲自己倒了杯熱茶，用氣音說：「爺爺泡的茶，有一種味道叫……叫作家……」

這下事情嚴重，單眼皮的男子慌張開口：「喂，我周……」

黑衣人同時扣下扳機，結束了兩個傳奇。

# 十八、

天快亮了。

影印機壓板下的黃光，一道又一道滾過，出口堆滿了上千張的X理論。

每一張，都可以改變一個人對這個世界的想法。

一萬張，就足以組織成強大的軍隊。

但，夢已到了盡頭。

二十幾台黑色廂型車將便利商店團團圍住。

但不見一個黑衣人下車。

削瘦男子好整以暇坐在車子裡，閉目養神，什麼也不做。

戴著帽子，彥廷呆呆地看著玻璃窗外的黑色陣仗。

踏出了便利商店，便不再有革命的夢。

原來人生可以這麼短，比一個隨便註冊的網路帳號還不如。

「……」七號苦笑，掏出懷中的手槍。

對他來說，除了沉甸甸的子彈，什麼也不剩了。

「先知，我殺了你，然後再陪你上路。」七號流下眼淚，將槍指著彥廷的眉心：「過去這幾個小時裡，承蒙你的啓發了。」

「幹嘛殺了我！我不是說過了，普通地活下去也是很重要的嗎！」

彥廷驚慌失措，簡直要尿失禁了。

「先知，你絕對不能落在敵人手裡！」

七號拉開保險，哽咽道：「能送你上路，是我無上的榮耀。」

「我不是先知！」彥廷哭著大叫：「你們崇拜的，不過是一份期末報告！」

「先知，你到死了還是那麼謙虛。」

七號扣下扳機，看著偉大的新世界坍塌。

含著淚，反手。

又是一槍。

□

槍聲劃破了漫長的黑夜，晨曦灑落大地。

當首的黑色廂型車打開門，削瘦男子隻身走下，一個人走進便利商店。

「終於見面了，思想犯。」

削瘦男子看著倒在血泊裡的兩人，依舊是面無表情。

影印機的出口早已滿溢，卻還是不斷滾光吐出X理論。

危險的思想，一張又一張如訃文般覆蓋在被七號殺死的思想犯身上。

削瘦男子慢慢蹲下。

他伸手翻開一張張蓋在思想犯臉上染血的X理論，想比對屍體與資料上的面孔時，他的手突然僵硬不動。

只是看到了第一句話，削瘦男子的眼睛便無法從X理論的紙上移開。

一個字又一個字。

一句話又一句話。

黑暗渾沌的世界像是裂了條縫，無限大的光從縫的另一頭奔了過來。

……有二十七年了吧？

削瘦男子默默抬起頭，看著臉孔在玻璃上的反射。

兩行陌生的眼淚，撕開了他的面無表情，裸露出他從未擁有過的情感。

「我到底做了什麼……」

削瘦男子將X理論揉成紙團，萬分痛苦地呑進肚子裡。

舉起槍，冰冷的槍管抵住了自己的太陽穴。

沒有說再見。

因爲他沒有道別的對象。

## 十九、

全台恢復了正常通訊後的某年某月某日。

彰化市私立精誠中學，高三忠班。

禮拜四下午的國文課，周淑眞老師用粉筆在黑板上寫著：「論民主。」

難得不用被借課考試的作文課，卻出了一個無聊透頂的超八股題目。

所有學生甚至懶得抗議，全都一邊打瞌睡一邊爬格子，想拖完這兩節課。

「靠，民主有什麼好，隨便想出來的東西都比它有用。」

一個在桌子底下偷看《少年快報》的高中生，勉爲其難攤開作文簿。

拿著快斷水的原子筆，有氣無力地寫下：

「所謂民主政治的極限，就是……」

*the end.*

國家圖書館出版品預行編目資料

綠色的馬 ／九把刀 著；Blaze 繪. ——
初版.—— 台北市：蓋亞文化，2008.05
面； 公分.
ISBN 978-986-6815-30-0（平裝）

857.63 96019190

# 綠色的馬

作者／九把刀（Giddens）
插畫／Blaze
封面題字／九把刀
封面設計／林小乙
出版社／蓋亞文化有限公司
地址◎台北市103赤峰街41巷7號1樓
電話◎（02）25585438 傳眞◎（02）25585439
部落格◎gaeabooks.pixnet.net/blog
網址◎www.gaeabooks.com.tw
服務信箱◎gaea@gaeabooks.com.tw
投稿信箱◎editor@gaeabooks.com.tw
郵撥帳號◎19769541 戶名：蓋亞文化有限公司
法律顧問／義正國際法律事務所
總經銷／聯合發行股份有限公司
地址◎新北市新店區寶橋路二三五巷六弄六號二樓
電話◎（02）29178022 傳眞◎（02）29156275
港澳地區／一代匯集
電話◎（852）27838102 傳眞◎（852）23960050
地址◎九龍旺角塘尾道64號龍駒企業大廈10樓B&D室
初版六刷／2015年7月
定價／新台幣 280 元
Printed in Taiwan

ISBN／978-986-6815-30-0

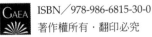

GAEA